dunkles Grundwort kann 'Sehne' in den Wortern 'Hachse' und 'Ochsenziemer' (s. d.) enthalten sein.

sehnen, sich: Das auf das *dt.* Sprachgebiet beschränkte Verb (*mhd.* senen „sich härmen, liebend verlangen") ist unbekannter Herkunft. An den alten Gebrauch ohne Reflexiv erinnern noch Fügungen wie 'sehnende Liebe' und die transitive Präfixbildung **ersehnen** „sehnsüchtig erwarten, verlangen" (18. Jh.). Abl.: **seh**[nsüchtig] „sehnsüchtig verlangend" (*mhd.* sen[„schmachtend, schmerzlich"). Zus.: **Sehn**[sucht] „inniges, schmerzliches Verlangen" (*mhd.* suht), dazu **sehnsüchtig** „voller Sehns[ucht]" (18. Jh.).

Die Deutsche Bibliothek - CIP-Einheitsaufnahme

Lyrico:

Buch**Nach**Sehnsucht / Lyrico. - Dresden : worthandel Verl.

Bd. 1 . - (2001)
ISBN 3-935259-01-8

© 2000/2001 worthandel **:** verlag
Erste Auflage
Alle Texte, Photos und Graphiken : Lyrico (wenn nicht anders vermerkt)
Texte, Photos und Graphiken © 1995-2001
Gestaltung und Satz : Enrico Keydel, worthandel **:** verlag
Titelphoto : Lyrico
Alle Rechte vorbehalten

Lyrico (der Autor)
e-mail : lyrico@lyrico.de
home   : www.lyrico.de

worthandel **:** verlag, Dresden
e-mail : info@worthandel.de
home   : www.worthandel.de
phone : 0178 - 444 94 63

Das Buch findet sich auszugsweise im Internet unter
www.buch**nach**sehnsucht.de

ISBN 3-935259-01-8

Lyrico
Buch**Nach**Sehnsucht
band eins

meiner mutter zum dank gewidmet

zeichnung : rainer ehrt

Die Einschränkung

In vielen Büchern
habe ich
mich gelesen
und nichts als mich

Was nicht ich war
das konnte ich
gar nicht entziffern

Da hätte ich eigentlich
die Bücher
nicht lesen müssen

Erich Fried

das un*mögliche* im traum
ist das *reale*

vor worten

ich trinke den kaffee es regnet schwarz beobachte blüten die noch keine sind auswüchse der phantasie dicke tropfen die wollen mich fertig machen alles mit dieser nassen decke überzogen ich rieche meine haare meine haut kaffee der gesunken ist und auch in den bauch und auch aus ihm heraus schreibe ich was ungesund ist ausgiebig : jetzt sind Sie mir auf den versen

Sehnsucht**Nach**Gefühl

habe sehnsucht nach einem gefühl das ich noch nie verspürt hatte ist dieses gefühl schließlich ganz da ist die sehnsucht danach verkümmert dann kenne ich es und es ist nicht Sehnsucht**Nach**Höhe, nicht **Nach**Musik, **Nach**Freiheit nicht wirklich die habe ich ja scheinbar schon ich weiß nicht wonach vielleicht

Sehnsucht**Nach**Hunger und kennen doch nur appetit
Sehnsucht**Nach**Wald und fahren mit dem auto hin
Sehnsucht**Nach**Freiheit und schimpfen die kinder der dreckigen hosen
Sehnsucht**Nach**Zeit und den wecker sieben uhr elf
Sehnsucht**Nach**Tiefgründigkeit, doch sei uns das schon zu kompliziert
Sehnsucht**Nach**Nähe und doch ehe
Sehnsucht**Nach**Reinheit, doch der staub liegt auf den eigenen augen (kannst wischen wie du willst, der geht nicht weg)
Sehnsucht**Nach**Liebe und doch wollen wir bloß umarmt werden
und immer wieder ganz plötzlich Sehnsucht**Nach**Vorher (da weiß man, was man hatte, selbst wenn das schlechter war, als das, was noch kommen könnte)

und schließlich unendlich
sehnsucht, mal wieder empfinden nach sehnsucht zulassen zuzeiten, sozusagen Sehnsucht**Nach**Sehnsucht aber das ist nun wirklich der gipfel der sehnsüchte

ich weiß nicht was ich Ihnen sagen will wenn ich traurig bin auch weiß ich daß dies komisches vor worten ist lange habe ich mein innerstes gesucht ich suche es immernoch ich habe schmerzen Sie müssen mich nicht ernstnehmen können ruhig abwinken ist auch nicht ernst ist nur spaß schmerzen habe ich trotzdem

jemand beweihräuchert mich unabsichtlich daß ich mich wohlfühle dabei ein gutes gefühl was die berechtigung angeht das alles streben sehnsucht ist in sich verborgen da spürte ich seit ewigkeiten tränen aufwallen aufsteigen von innerlichkeiten essen und nicht zufrieden werden trinken und ein wenig besser qualmen beim drübernachdenken oh kaum etwas schreiben und ordnen ja manchmal schön wäre wenn ihr euch wieder finden würdet im groß geschriebenen und kleingedruckten wenn dies alles mein frieden in euch keimen könnte zu eurem frieden gelassenheit ruhe und gespür vergeßt mir die pflanzen nicht besonders die bäume

Dresden im Februar 2001

NachAhmen
NachBarn
NachBlick
NachBluten
NachDir
NachDenklich
NachDruck
NachEinander
NachFolgen
NachFragen
NachFranziska
NachGeben
NachGeburt
NachGeschmack
NachHer
NachHause
NachJahren
NachKommen
NachLass
NachLesen
NachMoral
NachMund
NachNacht

NachNähe
NachName
NachNatur
NachRede
NachRufe
NachSaison
Buch**Nach**Sehnsucht
NachSicht
NachSinnlich
NachSpann
NachSpiel
NachStellung
NachTeile
NachTina
NachTöne
NachUmsex
NachVorher
NachWehen
NachWeise
NachWinde
NachWorte

wie man(n) sich bettet, so lügt man(n). zwei menschen sind ihre ideale begegnungsstätte. da kann keiner reinpfuschen. ein dritter plaudert nicht.

hier ist zartes und apartes. hier spricht einer von beiden. erfüllt oder sehnsüchtig. was ist besser für ideal und realität? immer auf der suche oder schnell was finden. irgendwas. für kurze zeit. wie lange?

zum küssen verdammt?
zum zusammenbleiben verurteilt?
solo zu glücklich?* -

Sehnsucht**Nach**Einander

* zitat von Uljana Rogoshina

dieser gedanke läßt mich nicht schlafen

dieser gedanke läßt mich nicht schlafen
und mein atem
ich genüge mir nicht mehr
es ist die weite welt, die fehlt
alles ist es, vor allem jedoch du
versteh' mich nicht falsch, aber bitte versteh' mich
ein baum ist glücklich; das meer weit, auch ohne dich
herbstsonnentee im schrank entdeckt:

ich möchte dich zu einem tee einladen
ich möchte dir etwas sagen
ich möchte dich anschauen dürfen
ich möchte dir die sonne zeigen und schatten deiner haare im
winterwind dich wärmen ewig umarmend als teil mit dir eins werden
möchte kinofilme mit dir verpassen
möchte dir meine melodien zeigen
dich meine bilder hören lassen neue zeilen für dich dazwischen
springen ruhe mit dir haben das kopfkissen von dir zerdrücken
mit dir über alles und mich lachen können geheimnisse für dich
erspinnen, die ich selber nicht wissen darf in meine neue quelle
unsere füsse halten
und mit dir frühstücken
so gegen 17 uhr

ich möchte dir erzählen, wie schön es war und daß es mich
berührt, wenn der wald schreit ich weiß nichtmal deinen namen
ich möchte dich nach deinem namen fragen und „wolke" in allen
sprachen sagen den briefkasten will ich dir reparieren und nicht fragen,
warum wir uns begegnet sind ich möchte meinen kopf mit deinen
flausen füllen und andere pfade wieder sich selbst überlassen ich
möchte dir kohlen tragen immer warmen tee einschenken, wenn du
frierst oder schnupfig bist singen mit dir möchte ich auch möchte
ich ach in der nacht deine augen beobachten, dich atmen hören,

blumen schenken soviel, daß du von ihrem duft einschläfst um
aufzuwachen - so glücklich, wie du dir's in diesem traum nie hättest
vorstellen können ich will der erste krokus sein, den du im frühjahr
siehst ich möchte dich erfahren, deine pinselstriche bewundern,
was du geschrieben hast übermütig schön finden, dich loben für
den schlechtesten kuchen, den ich je essen werde, in extase
tanzen auf deinem schafsfell, wenn wir vergessen haben, vor lauter
glück den ofen anzuheizen ich möchte wissen, welche musik dich
traurig macht und wie oft du käse ißt ich möchte deine
ausgekämmten haare auf meinem pullover finden...

(jetzt kann ich ruhiger schlafen)

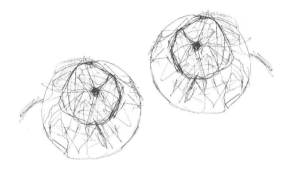

um dich irgendwann wieder zu verlassen.

VVie Viel

soviel ich dir geben kann aber
du kannst nicht allen tee trinken
ein wenig verdampft auch

tanzen können wir ganz
schnell uns drehen aber
du kannst nicht allen wein genießen
ein bißchen verschüttest du dabei

wenn ich mit dir du mit mir
schläfst darfst du mich
verschlingen völlig ich
geb dir meinen laib leider
fallen beim brot essen krümel

Ob folgendes für den Verzehr geeignet ist? - Nur so nach dem Motto: „Mein Gesicht so verzerrt, weil ich mich nach Dir verzehre." Mal überlesen...

Quelle mein
Ein Liebesgedicht

    Mag keine Kohlensäure
    Ist künstlich meist,
    Ich mag Dich rein & klar
    Und mag keine Auszugsanalyse -
    Das vermeidet saures Aufstoßen.
    Hinterher.

    Aber ach,
    Irgendwann
    Schmeckst Du ja doch
    Abgestanden,
    Ist die Luft raus!?

Ebbe und Flut

Mandelblüten pflücke ich
Von den Rändern Deiner Augen
Meine Hände sind wieder weicher
Deine Wangen sind fruchtig und fein

Der Mond macht mir goldene Fersen
Spiegelt sich im polierten Glas
Glänzender Weiten
So duftest Du, Dein Licht ist tot

esklavo de amor

Bunter Schmetterling über Sand
Den kannst Du nicht sehen
Dein Licht ist tot
Starke Wellen Gedanken hoch hinaus

Deine Äpfel wippen
Die Olive möcht' ich Dir entkernen
Ich fasse Dich und glaub's doch nicht
Du bist so schön, Dein Augenlicht

Den Nabel hemden vor Sand
Ich lauf Dir hinterher
Der Palme beim Trinken zu schauen
Das kannst Du nicht, Dein Licht ist tot

Dein Licht ist tot
Ich liebe Dich
Dein Licht ist tot
Du siehst das nicht

Frisch begegneter Fortgang
für Astrid (mit Tränen)

Deine Flügel so weich wie Daunenfedern
Deren Kiele mir in den Rücken stechen
Weich und breit und hell und warm

Ich kann Dich nicht stumm lassen
Mit meinen Worten
Ich muß Dich schreiben

Mit Deinen Puffärmeln behütest Du
Meine winterlich ausgezehrten Wärmeschatten
Vom Durst nach Sucht, nach Wein

Den ich aus Deinen Achseln trinken möchte
Dein Salz, mit dem ich meine Eier würzen würd'
Nach der Morgenkälte aus dem Bett
   (das mit den oben beschriebenen Daunen)

Auf meinen pulsierenden Atem Deinen Daumen
Ich schaffe nicht, versuche Verse
Und bleib auf Deinen Fuß@enden

BOING

manchmal hat man/
soviele/ flugzeuge im bauch/
das sie/ gar nicht/
erst/ im bett/
landen/ sondern gleich/
abstürzen.

Süßschnee
für Astrid

Dunklen Schnee
von fremden Tellern
lecken.

Bissige Lichter stören die Stille
und steigen
aufs Kinn.

Ein Keks memoriert seinen Tag,
will aber nicht beobachtet werden und
verkrümelt sich.

Zuckerstücke schneien herein,
denken und sterben
und werden zu Staub; weißem Staub.

Dich wiedersehen wollen ist wie
den gezuckerten, kräftig gerührten Tee
durch ein Sieb zu schütten,
um die Kristalle wieder zu extrahieren.

Oder werden wir beide
eins sein,
irgendwann?

Vielleicht
untrennbar;
gezuckerter Tee?

(Du bist süß,
so wie ich heiß.)

Wo ich versunken liege

Wo ich versunken liege
Ohne Ort und Ortung
Bist Du mein Echolot

Wo ich mich finde
Inmitten meiner Kissen
Bedeckt von Deinen Küssen

Höhen werden Untiefen
Täler horizontweite Ebenen
Weiten schmilzen und ermöglichen uns
Nahverkehr

bittersüß salzig
eines ohne das andere

    erste große liebe
    drei salzige tränen

    zweite liebe
    zwei salzige tränen

    dritte bekanntschaft
    eine salzige träne

    noch eine salzige träne
    von vorgestern vergessen

    ferner liefen
    keine salzigen tränen

aufgrund

    am anderen ufer auf die zeit
    sitzen warten
    auf dich dein erscheinen
    (und dich sind so viele)
    aber dennoch -
    keine kommt.

Daß Du mich sein läßt
in Gedanken an Christiane

    Daß Du mir die Wange streichelst
    Meinen Arm
    Deine Finger durch meine Haare führst
    Besinnungslos mich und
    Auch mich mich sein läßt.

    Wortlos neben Dir mich seinläßt
    Wenn Dein Lächeln, bei dem
    Du auf die Unterlippe beißt, duftet
    Das ich mit geschlossenen Augen spüre
    Die in Dein Gesicht fallenden Haare
    Diesen Moment ewig erleben.

    Du pulsierst warm und weich.
    Du, unzähliges Herbstblatt.
    Du, die Du meine Eßkastanie sein möchtest.
    Du, die eine Melodie anstimmt, die ich vorher
    Nie vermutete, doch jetzt weiß,
    Daß diese nur für mich singt

    In diesen Momenten.

 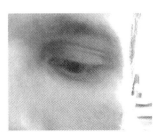

auf den lippen wein-
ende tränen

wir küssten uns-
inn liebe und gingen
vor lautem schmerz
gebeugt

schon schön wiewiruns
mögen denn alles wirdso mög-lich

Recht-Schreibung

Zu viel wäre unter +
    dessen
das Verlangen
das Erwarten
der Wunsch
mich bloß zu lieben,
nur zu lieben.

Bitte aber
laß mich
dabei noch atmen
ich meinte nicht
du sollst mich
bloßlieben,
mir alles nehmen.

nur lieben
Iris

ich wollte dich doch nur
wollte doch bloß, daß ich weiß, du bleibst
du hast mir soviel gegeben
du hast mir soviel gezeigt

ich wollte dich doch nur
wollte dich doch nicht kränken
ich wollte doch nur sicher sein
nun bin ich durchgegangen

ich bräuchte dich nicht,
plötzlich nicht mehr?
kann dich nur nicht in jeder *beziehung* verstehen
und glaube das du

so kann ich nicht mit mir zusammenbleiben
wie soll ich dir all das beweisen
du sagst freiheit bedeutet einsamkeit
du kannst wohl nicht so sein
(was bedeute ich dir)

daß du mit mir etwas verpassen würdest
lieben leben leben proben
ich meine nicht
vielmehr jetzt, wenn ich wieder alle schritte allein gehen muß

so jemanden wie dich
und reinhard singt
„vielleicht hat man's begriffen, wenn man erkennt:
nicht jede große liebe braucht auch ein happy end"

>>

was das bedeutet, kann ich dir nicht sagen
unsere annäherungsversuche
dein lächeln
deinen körper den trost

nackte gefühle
ich muß mich umarmen, will mit dir heulen
kann nichts verbergen, hab' seelische beulen
zerplatzen, zerspringen, werde mich zerstören
ich will deinen körper, will dir gehören

was wird zukunft
die zellen - ein leerraum nun
an jeder körperstelle ein stück du
du hast dich einfach festgesetzt,
ich muß dich loswerden - jetzt und hier

die anderen meinen, das wäre fällig, so sei das bei allen
ich fühl' mich ausgepumpt, halbtot - nicht um deren gefallen
wir können's nicht wissen, wir sind ja nicht älter
der kopf ist zu heiß, die hände sind kälter

unrechte rechtfertigung
nichts hat *mehr* bestand
als ein ende

1998

Ergo sum extended

Ich bin wie Du.
Du bist anders als ich.

                        Du magst das Gras.
                        Mir gefällt Dein Gesicht.

Ich bin wie Du.
Du bist anders als ich.

                        Ein Buch macht dich lesen.
                        Ich sitz im Sonnenlicht.

Ich bin wie Du.
Du bist anders als ich.

                        Der Mond tröstet Dein Schmerz.
                        Deine Worte vergess ich nicht.

Du bist wie ich.
Ich bin anders als Du.

                        Ich streiche über Dein Haar.
                        Du hörst mir gar nicht zu.

Ich bin wie Du.
Du bist anders als ich.

                        Du kennst so vieles,
                        Doch mehr weiß ich nicht.

Bekenntnis

Ich hatte mich in Dich verliebt.
Aber dann
Lernte ich Dich kennen.

Schwindelfreies Honignest

"Der Engel muß reisen, damit der Himmel lacht."

Ohne Dich zu berühren Deine Gefühle verletzen
Farblose Tüpfelchen und die Vögel verstummen
Mit Feueraugen ein Ausleuchten beider Achselhöhlen
Ergreifen Deiner duftigen Pferdekoppel und

Eintauchen in ihr schwarzes Kräuselgras
Das zum Begießen sich sehnt
Mit flüßigen Errungenschaften

Dabei schon jedes Zwölfdunkel sterben
Dir alle Endungen zuküssen dürfen; jedesmal
Untertauchen weit geöffneter Augen im

Traumraum zahmlos
Streck mich, lieb mich nackend
Kaum daß ich Dich halten kann
Neben Dir dürfen zuliegen

Gierschreie stumm versprühen
Alte Endlosigkeit
Geschlechtsgeruch und Wahnsinn

Alles sonst ist verloren
Die Gier hängt noch nicht
Den inneren rosaroten Schweinehund
Am Ohr des Herzens ziehen

Besänftigung der Sehnsüchte
Nach Umarmung
Durch Kaktus Glieder Blut
Blut & Tränen

Fast habe ich

für I.

Ich habe fast
Verzeih es mir
Unsäglich mir selber, fast.

Habe fast schon vergessen
Und das Weiche
Wie es mich rief. Nächte, Tage.

Wie es wandelte unter den Händen
Weiß und wollüstig. Tief in Dir
So zart Du bist.

Lieblich so, wie Sterne
Den Sommerregen küssen.
So zart warst Du.

Glühend, selbst
Als Du schon gar nicht mehr warst
Mein Stern.

Jetzt muß ich
Erinnerungen
Ficken.

Aufrechte Hoffnung

Ein Haar gleitet langsam in Suppe
Und du fühlst mal wieder zuviel
Der Rest ist dir ganz einfach schnuppe
Du hast nur noch eines zum Ziel.

Ein Feuer loderte zwischen den Brüsten
Fast Flammen hat man erkannt
Genährt von unerfüllbaren Lüsten
Das haben sie Liebe genannt.

Doch so kann das alles nicht laufen
Die Wahrheit ist völlig verkehrt -
Man kann sich die Liebe jetzt kaufen
Das andere ist sowieso nichts mehr wert.

Die aufrechte Hoffnung ist nur ein Schein
Damit kann man die Trauer bestechen
Der Irrsinn kommt und nistet sich ein
Und Fühlen wird zum Verbrechen.

inwendig in venedig

liebe mich aber
sehn dich nicht nach mir

du kalbst tränen
ich stotter schwüre

dich umbrandet die zeit
du badest mit leid

seit ich an dich denke
ess ich nur ewige algen

liebende in venedig
die pfeiler morsch

auf grund gebaut
auf grund gelaufen

beim fährmann ertrunken
fällt die liebe ins wasser

wir wohnen in meiner geheimratsecke
im vierten kanal meines kopfes

bin doch nur mehr
salz in deinen tauben federn

dein schrei gurrt
wenn ich gische

Wie weit Poesie geht

Ich liebe dich so sehr
Daß es mir nicht bewußt ist
Daß ich bewußtlos
Das oder Dich nicht mehr sehen kann.

Ich liebe Dich so sehr
Daß ich denke, die Liebe ist ganz klein
Weil sie schon so groß geworden
Daß sie den 0-Punkt schon überschritten.

Deshalb glaube ich,
Sie *ist* so klein
Ein wenig über Null
Verwirrt -
Über gar nichts.

Liebe, homogen.

                                                          mannMann
                                                           frauFrau
                                                       oder frauMann.

doch egal ob mensch
von knospen oder eicheln
erschlagen wird.

                                                            ganz gleich.
                                                 ist doch das selbe.

homogen hetero
oder
heterogen homo.

                                            alles richtig falsch
                                        wenn Du Dich selbst
                                                      betrügst.

vom Wimpernschlag

sehnte einen Wimpernschlag von ihr
als ich bekam
wollte ich mehr
und sehnte einen Schwung des weichen Halses
bekam und
wollte mehr und
wartete, daß ich einen Blick erhaschen konnte
und da schaute sie
und dann
sah ich verlegen in ihr Spiegelbild des Fensters
überlegte was
ich ihr sagen würde da
war es Zeit auszusteigen; zu gehen
mehr konnte ich
nicht wollen.

Liebeslogik

Aus Unglück Schokolade essen.
Dicker werden als möglich.
Glücklicher nie. Glücklicher nie.

Zur Freude Klaviermusik.
So leicht getragen.
Leichter nie. Leichter nie.

Auf Lunge

Von Deinen Lippen berührte stille Stummel
atme ich einsaugend auf ihr Ende &
genieße somit Deine Reste -
weil ich Dich heimlich liebe.

Du weißt es nicht,
Du bist nur.

NachAhmen
NachBarn
NachBlick
NachBluten
NachDir
NachDenklich
NachDruck
NachEinander
NachFolgen
NachFragen
NachFranziska
NachGeben
NachGeburt
NachGeschmack
NachHer
NachHause
NachJahren
NachKommen
NachLass
NachLesen
NachMoral
NachMund
NachNacht

NachNähe
NachName
NachNatur
NachRede
NachRufe
NachSaison
BuchNachSehnsucht
NachSicht
NachSinnlich
NachSpann
NachSpiel
NachStellung
NachTeile
NachTina
NachTöne
NachUmsex
NachVorher
NachWehen
NachWeise
NachWinde
NachWorte

etwas später

Oh, Sie komm' ja etwas später
Na dann komm'se gleich 'ma rein
Sie krieg'n heut' den Schwarzen Peter
  Na, ach, laß'nse das sein!

Und wer wird denn gleich verzweifeln
Is' ja wohl noch früh genug
Tun Sie sich nich so ereifern
Freundlich nehm' ich meinen Hut.

Bin doch nun schon angetreten
Jetzt bin ich da - was zählt sonst noch
Grummel tu' ich mir verbeten
Los nur, fertig, start'ns doch!

Warum sie gucken

Im Grunde - oder besser :
Am Grunde ist es doch
Das hoffnungsvolle Grün
Das ihre Seelen füllt
Das ihre Sehnsüchte fühlt

Gedanken gefangen im Netz
Grobmaschige Begegnungen
In allen Alterstadien zu schauen
Meistens doch nur als regungs- &
Bewegungloses Heimspiel

Und stellen sich vor
Die Elfe seien Elfen
Und tanzen Runden Reigen
Wenigstens anderthalb
Stunden

an gesichts einer populären sport art, deren
faszi nation sich meinem fair ständnis end zieht

neue entwachsene

sie sitzen da wie monumente
in momenten
in denen sie lieber nicht
sitzen wöllten

sie geben sich
vorbildlich
sie geben sich
mühe

sie geben sich nur so
sie wollten nie so sein

haben sich aber kaum
gewehrt
so zu werden.

Elfenlied

Spitzfüße auf Federn, tanzend
Eine Hagebutte ist ihr Mund
Ihre Küßchen kernig
Die kleine Stimme weint lächelnd
Verwirrt umarmt sie ein weiches Usambarablatt
Fleischig, Und duftet nach Kamill
Ihre Halmbeinchen knicken
Sie singt; zu Boden. Stirbt.

Ihr Himmel wird lilahell sein.
Meine Hölle dunkel.

Ernst in Haft

Die Haut im Mund wölbt sich
Die Nägel kringeln sich
Die Haare sträuben sich
Die Nase brennt

Die Hüfte verströmt Duft
Die Bauchdecke stinkt
Die Stirn eitert
Die Arme gefrieren

Die Brauen protestieren kalt
Die Füße entfalten sich
Die Kniee verfestigen
Das Herz betoniert

Die drei Nieren schwimmen
Der Eierstock schreit
Die Augäpfel rollen hinfort
Die Finger stählern gespannt

Das Hirn breiig
Die Warze glänzt
Die Narbe platzt
Der Arsch lacht

Die Späterzeit

schon jetzt rennen Sie
mit abgehauenen Köpfen
an den Rändern der Tage
von und hin zu -
wie Sie es sagen -
Ihren Heimen

dort denken Sie dann
kopflos darüber nach,
was Sie den morgen
in dieser Zwischenzeit zwischen
der Nieankunft und der Nieankunft
tun werden
sollen.

Es, oh Es!

Stolzer Hahn auf dem Parkett
Reiseziel zum Pur-Pur-Takt
Stiefgroßeltern immer nett
Freundlich hat Dich wer gezwackt.

Mit dem selben Kram am dampfen
Fünffach hin und nochmal weg
Das Leben ganz in Stücken mampfen
Zu dem selben, öden Zweck.

Abgebröckelte Gesichter
Zwischen Wehmut Hochprozent
Waldpilzerträge jährlich schlichter
Beim Kiffen friedlich eingepennt.

Staubsaugschlauch im Wendekreis
Das Ohr hängt lasch am Kaktus; lauscht
Blaustreif'ger Winter superheiß
Herz gegen Notruf eingetauscht.

Feinrippphantasien

Hinterm Vorhang der betagte Turnhosenmann
Spinnt Träume beim Anblick junger Leute
Und wickelt sie mit in seine Stützstrümpfe.

Seine Frau, die nach Bratkartoffeln riecht,
Legt ihre Hände an die dederonbeschürzten Hüften,
Singt : "Laß das." und techtelmechtelt mit dem Staubwedel,
Der sie in Schwingungen versetzt.

Großblättrige Pflanzen beleben sich grad noch selber,
Beide sollten stets lassen, was sie wollten.
So hat es sich vorbeigelebt,
Das Glücksrad hat sich ausgedreht.

Die haben einen Vogel
Der sagt immer bloß "Hallo."
Die Jahre verlaufen wie ein Kaktus,
Der niemals blüht und immer dürstet.

Tage, die wie warmes Wasser verdunsten
Wie der Opa raucht der Schornstein
Bis der Essenkehrer kommt, der Schwarze,
Wie jeden Montag.

wachsende ansicht

ostdeutsche obstfliegen
bauen nester in seinem schamhaar
er wartet vor der frauenkirche
auf arbeit
die millionen kostet.

seine worte gefrieren
im singsang lilafarbner touristinnen
die ihr trinkgeld
gerne für
millionen spenden.

wir bauen wieder auf
stolzieren am schwachsinn entlang
und an dem
toten penner.

den räumen wir weg
dieses häufchen elend
was stört der auch unser bild
das nicht mehr in trümmern liegt.

lasset uns beten;
worte
für millionen.

innehalten

geben und nehmen
selbstgespräche mit dem herzen
auf der brust trommelwirbel
in den wirbeln verwehungen des Du,
kalte mißverständnisse.

der astralleib mißt
blauschimmer aus den stuben
heiter bis wolkig
erzähl mir stattdessen selber was vor,
blaugraues programm in allen farben.

das wetter bleibt unbemerkt,
kühl entblößt
wenn Du nackt bist,
ich bin entblößt
und starre weiter vorm ich hin.

der Regen hängt voll Hampelmännern

am Kaminfeuer sitzt ein Gedanke

viele Kerzen duften die Stube aus

das **WASSER** gefriert im Rinnnnnnsaal

die Haut mit Marskratern

eine Erkenntnis des letzten Satzes

ein Stück spinnt sich drumherum

eine Pointe, die sich schämt schämt schämt

wörter zum wort zum

    das blut der weinroten bibel dick
    & zähflüssig das heute des irgendwassers
    tropft aus unsren langen leitungen
    angenehmes sonstwiesonnig
    jeder breitet sich braucht seinen platz
    der falschen fließrichtung
    vonnaturausgottgegeben
    sonntagseier, obenschwimmend.

    mit bitterem salz im ganzen
    hinunterschlucken & warten
    auf den mondtag.

Genussvoll Verglommen

ich beobachtete ihn lange, sehr lange. mit streichhölzern zündete er. immer beim ersten streich zündeten sie. brannten lichterloh und froh in so einem klaren zitronengelb, klar. gemischt mit reifem bananengelb. möhrenorange... zwischen daumen und dem übernächsten finger der hand, die sich am ende des armes, welcher auf der leberseite seines körpers gewachsen war, befand, hielt er die bunte packung unter leisem knistern der umhüllenden folie. mit dem zweiten daumen öffnete er, unter zuhilfenahme des linken zeige-, mittel-, und ringfingers, der im übrigen niemals ein vermeindliches schmuckstück tragen wird, die pappklappe. nun blickte er in seine von aluminiumfolie eingebettete, letzte sehnsucht. nahm routiniert eine heraus, die er noch begehrte und führte sie zu seinem schmalen gesicht. sanft, ja fast zärtlich leckte er den filter, bevor er die schon bereitgelegte schachtel mit den hölzern zur hand nahm. er drehte die zigarette so, daß er sie eifrig, ordentlich und gründlich von allen seiten mit den lippen, seiner zunge und seinen spucke anfeuchten konnte. jetzt klebte sie, zu boden geneigt, an seiner unterlippe. ihre spitze brachte er zum glühen und sog sogleich auch den ersten rauch ein. er schüttelte das brennende holz, das durch den luftzug die flamme verlor. fast achtlos legte er die streichholzschachtel beiseite. warf das angekohlte restholz weg. doch qualm stieg während der folgenden züge immer nur von der zigarette auf. nicht aber, nein, niemals aus seinem noch ach so frischen, jungen mund oder der nase. man hätte meinen können, es müßte doch zu den ohren hinausflüchten oder unbemerkt durch andere, näher der sitzfläche des stuhles situierten körperöffnungen - dann ganz sachte aus seiner hose zu steigen kommen. tatsächlich behielt er den gesamten eingeatmeten rauch mit einer bewundernswerten sorgfalt in sich. kein molekül ließ er wieder die wahre luft erreichen. nichts. kein einziges. seine augen waren gläsern und blieben glasig. neuerlich setzte er an und ab, in dem sein rechter zeigefinger sich mit dem dritten gekreuzt hätte, wäre nicht dazwischen der stengel gewesen. die hand war gekrümmt wie bei einer schwimmbewegung im nachtkalten wasser. nur die finger waren weiter geöffnet. er rauchte alles, bis er den geschmack des filters bemerkte, jedoch hatte er zwischen den zügen intensiven schmauchens lange pausen. in diesen ging der für ihn so wertvolle tabak als ungenutzte asche verloren. fiel nach geraumer zeit in die von werbung behaftete ascheschale vor ihm. sie stand auf einem in liebe gealtertem eichenholztisch. oder abgeklopft. der junge mensch war gerade mal dreizehn. sein hals blieb so frisch, obwohl. und wie lange noch. und in welcher zeit würden sich seine wangen verändern? warum diese verbitterung? trotzdes. egal, eigentlich.

einfach anders

du sagst
du willst
anders sein
als andere

    ich habe
     darüber
      nach
     gedacht

      sei einfach so
        wie du
         wirklich
          bist

dann
bist du
anders
als andere

Davonrennen

Davonrennen der / schwächlichen Existenzen / aus den von der Welt gebotenen Essenzen / in den von Menschen geschaffenen Grenzen / mit den von den Eltern gebildeten Referenzen / mit Deinen gottgegebenen Potenzen / Davonreden der / schwächlichen Eminenzen / aus den vom Geld gebotenen Essenzen / in den von Menschenaffen verursachten Konsequenzen / mit den von Älteren gebildeten Konsenzen / mit Deinen übriggebliebenen Kondolenzen / Davonrennen der / rechtlichen Existenzen / aus den von der Welt gebotenen Stammestänzen / in den durch Menschen enstandenen Divergenzen / mit den von den Eltern gebildeten Interferenzen / mit Deinen gottgegebenen Inkompetenzen / Dafürsprechen der / schwächlichen Existenzen / aus den von der Unwelt gebotenen Impotenzen / in den von Menschen geschaffenen Fließtexten / mit den von den Eltern gebildeten Referenzen / mit Deinen von Gott ausgedachten Inkonsequenzen

von frauen und äpfeln
mit übertragenen sinnen...

den buhlen

bück dich!
heb sie auf!
die schönen roten
so leicht zu bekommen
fallen sie dir zu - (zufall)
liegen im stillen gras
natur im angebot
schön und fest
paradiesverheißend
sommersaison
ohne mühe,
alle madig.

Belauschen

Blätter treiben
Im Haus
Auf weitem Flur

Das Haus schreit
Fenster kreischen
Stimmen kopulieren

Ein Jammer
Fahle Gaslaterne
Der Balkon tropft vom Gießen

Herab
Wasserspiele wundersamen
Herrchen fickt seine Katze

Plötzlicher Kopftod
Ein Babyschrein
Das hölzerne Ende.

lasssiewassiedenken
(oder: eine aufforderung, sich anders zu verhalten)

mir doch völlig egal was die von mir denken
mir doch egal was die von mir denken
egal was die von mir denken
was die von mir denken
was die wohl von mir denken

was besseres

    das Leben ist interessanter,
    als ein Gast der Stadt,
    ein Foto von Alten,
    die durchgebrannte Glühlampe.

    das Leben ist wirklich interessanter,
    als die Assel im Bad,
    die ungeölte Holztür,
    Stimmen beim Fluß.

    das Leben ist viel interessanter,
    als ein Haar im Buch, Seite achtundzwanzig,
    Wandfarbe ermattet
    oder Gesträuch am Meer.

    das Leben ist viel interessanter
    ich weiß was besseres:
    von Bedeutung ist alles zusammen,
    im Einzelnen.

menschen

    du und ich
    sind immer
    eine andere welt

wunder punkt

jeder mensch hat einen wunder punkt
augen eigen eigenartig haare mund nase
brauen zigarette glut blicke
oh bier kerze körperdrehung hand stütze
lippen lächeln hochschau

laue sommerlaune auf dem opfermarkt der biere
im schattenschein schein gesichter anders gewachsen
(zu sein!)
brennen bald aus
lauter leiser müdigkeit

senken die häupter vor dem baum
- ehre!
was zusammenwächst
ist das starke trennen

„darf ich Sie zu dir sagen"

NachAhmen
NachBarn
NachBlick
NachBluten
NachDir
NachDenklich
NachDruck
NachEinander
NachFolgen
NachFragen   NachNähe
NachFranziska   NachName
NachGeben   NachNatur
NachGeburt   NachRede
NachGeschmack   NachRufe
NachHer   NachSaison
NachHause   BuchNachSehnsucht
NachJahren   NachSicht
NachKommen   NachSinnlich
NachLass   NachSpann
NachLesen   NachSpiel
NachMoral   NachStellung
NachMund   NachTeile
NachNacht   **NachTina**
                     NachTöne
                     NachUmsex
                     NachVorher
                     NachWehen
                     NachWeise
                     NachWinde
                     NachWorte

offenes Kapitel nach Tina.
Sehnsucht**Nach**Tina.
alles ist in sich.
alles für Tina.

die in mir die größte Sehnsucht
geweckt und
ungestillt gelassen hat.

falls du nicht

    wenn du nicht zu mir stehst
    werde ich dir nichts nehmen
    außer das, was mir zusteht.

    das mußt du mir
    schon zugestehen,
    abgesehen davon.

mangel-an-gelegenheit

(schüttelst mit dem kopf)
meinst, daß es niemanden was angeht
- das mit der liebe
mit verzehr, sehnsucht.

ist es nicht eher schon
die liebe selbst
zwischen dir und mir
(wie du vielleicht meinst) :
nur von mir zu dir
die nicht angeht?

was soll ich
wenn ich nicht darf
was mich bewegt
zu beschreiben

was soll ich noch
wenn ich des beschreibens müde werde
was soll ich noch
wenn ich nicht mehr liebe?

dann ist es schon gut so
wie es ist
lieben und nicht geliebt werden
nur für das gefühl
welches so selten stolz macht :
ein mensch zu sein.

Das nun folgende Gedicht beinhaltet die Sehnsucht, ein bißchen Nähe und Liebe zurückholen zu wollen, die vielleicht nie existiert haben...

Pustekuchen

Dich fragen
Ob Du
Mit mir
Frieden
Schließen könntest.

Weitaus leichter ist es
Im Dunkeln
Eine Grille einzufangen
Mit bloßen Händen
Im November.

Zu schwer?

Mit zittrigen Fingern
Klebe ich alle Schirmchen
Wieder
An die Pusteblume -
Ohne Leim.
Im Nachhinein.

weil es so ist

wenn du
nachts - - -
tags - irgendwann oder
wenn es still in mir ist -
an meiner Tür warten würdest - - -

an deiner Tür darf ich das nicht.

wenn du warten würdest
wäre ich nie da

weil ich vor deinem Fenster
weine.

Haltaustag

*mit Kernseife gegen Liebesgedanken
versuche ich Gefühle reinzuwaschen
alle schillernden Töne nach reinweiß,
hochgradig säubernde Celsius* Berührungen
möchte ich mit Sonne dörrtrocknen, Ausflüchte
abtropfen lassen, auch manch' schöne Minuten
in den Küchenschrank sperren vielleicht schaff'
ich es nicht, *vielleicht bleibt immer ein Rest
kleben* in der Neige in den Bechern aus denen
ich trank suchst du den einen Satz *im Teeei ist
dein trockenes Vertrauen aufgequollen und gab
der Zeit den Geschmack* doch selbst mit dem
Siebfilter blieb einiges unklar

ich weiß du wartest

ich kann dir nur nur nicht das sagen, was du zu sagen
mich hören willst *ich wünschte es regnete* wer wird
morgen meinen Tag begleiten *Wasser tropft auf einen
Fisch* nein, schon zum Trotz regnet es nicht die Idee:
ich mampfe ein Stück Sonne weg *seine schimmrigen
Schuppen werden wie winzige Wünsche auf Wüstenboden
geweht* als schnitte sich Brot ins Fleisch ist's dem Fisch
aber Wurst, wenn er Käse denkt *denn unsere Wünsche
sind unantastbar* und doch fischte ich einen wieder aus
dem Abfluß

sorgsam reinige ich meinen Körper gleich Tellern *eine Kerze
im Hochsommer mittags* - ihr Doch und Trotzdem brennt *liebe
mich schreit ein Funken* was aber wenn es nicht gefunkt hat
einsame Nächte erinnerst du dich noch an deine Erinnerungen?

Übermut *oder*: Wünschlos unglücklich

Ich möchte nocheinmal
ein kupferrotes Haar
auf meinem Kopfkissen
finden.

Und nochmal.
Und nochmal.
Und immer wieder.

Spröde (Tina)

Die Nächte sind spröde geworden wie der März, jetzt im September, wenn die Blätter den Boden zu küssen beginnen. Blicke schweifen über die Nacht; was beginne ich nur? Wir frieren unsere nackenden Körper über den Winter wieder ein, wie alljährlich. (Aber nicht ausschließlich nur dann.) Darum hoffe ich, Dich zwischen Daunenkissen allein beobachten und bewundern zu dürfen. Glaub mir, so wie ich mir selbst vertraue, bitte auch. Ich bettel nicht, ich bete nur. Damit Dein Blick, Dein Gesicht nicht vergehen werde, werfe ich Komplimente wie Beats in Deinen Tagtakt. Wenn ich wüßte, daß ich gut spielen könnte, hätte ich einer anderen etwas vorgemacht. Ich will Dich nicht überzeugen, nur, daß Du's weißt.

Hände

Haut an Haut. Hand auf Bauch. Was Deine Zunge für Lügen flüstert. Möchte sie mit der meinen zum Schweigen bringen. Du wirst es nicht hören, die meinen Rufe aus einer Dir so weit - scheinbar - entfernteren Welt. Ich weiß nicht mehr Deine Hände, habe Deine helle Haut vergessen. Sehne mich. Trage ein warum herum. Warum Stunden so verletzen können...

Tanzen

Deine Stimme höre ich nicht. Die Welt dreht sich so rum. Andersrum für mich, und ich klage nicht, ich hoffe nur. Schwungvoll begebe ich mich in eine Bewegungsstarre. Die Nächte sind spröde geworden. Und tanze.

abendrote ! einsamkeit

spiegelte sich damals in deinen augen. ist an den himmel gestiegen, zerblich oder zerbrechlich, fortgetragen, zerschmolzen in wolkenschleiern sich suchend selbst finsternis graviert sich in firnis ein. die nacht liebt sich selbst. vögel stillen sich an brüsten purpur. stille. kirchtürme ummantelt von menschheitsgesprächen wegen funken die von rufen nach natur sich verfinstern.

Weiß ich nicht

basilikumgeruch zwischen straßen und den haaren
ein heißer schornstein legt den morgenmantel ab
das früchtchen der hofkatzen hat sich zu nah herangewagt
zwischen wabbermilchtüten, die zeitlos emsig schwatzen
(darüber wie der winter war), stöhnt der joghurt

eine schöne erinnerung föhnt sich den rücken und tritt zur seite
der kaktus erklärt sich den blütenstand anders
im mark des druckers sehnen sich zimmerasseln nach liebelei -
der bildschirm schreit ein endliches weinen

küsse schallen aus treppenresten ferner ruinen
es sind hundebüchsen, die sich kringeln (die anderen
haben den schwanz schon eingezogen)
ich rolle mit den tränen ins abseits
(die salztropfen kullern sich vor entzückung; schmalz erstarrt)

ausgeartet steigen meine hände aufs nächtliche dach und
stürzen alle füße zu boden
die bettdecke bleibt allein mit mir
es hat alles nichts genützt - der himmel weint kurz aber heftig
wie oft werden die jahre noch vergehen?

über (/für tina)

himbeermond du scheinst zu stacheln
rosenstolz die gestik und der blick
kirschsauer sollst du das wirklich sein
kupferfeuer sag daß das nicht stimmt
dann geb' ich zu wie's mich
aus ein an der nimmt

so nahe nähe daß dir heut' keine ferne fern genug sein kann
blühst für dich die knospen werd' ich nie vergessen
deine oberfläche der milchstraßen farbe
von stillen asteroiden einer lauten welt

sturmwind du fegst felder sommerblumen blank
du tötest mich kannst doch nur selbst verzeihen
dann wären die wochen eingetrocknet stumm
wann trocknet mein blut das aus den kissen
tropft (tropft tropft)
von dir

Erinnerung ist Wasser

Die Bierflasche aus vergangenen Zeiten
Am bewachsenen Ufer
Mit Wasser gefüllt
Der Fluß, längst zurückgegangen
Sehr wenig führt
Hält sich grad' so über Juniwasser

Die Flasche in die Hand nehmen
Und umdrehen und
Ausleeren

Wenn das so einfach wäre
Mit den Erinnerungen
Ich bin die Flasche
Du bist
Der Fluß

Zuwidersehn

Du mit Deinem Dämon an der Kette
Zum Gassi

Ich schleife den Ledersessel auf's Eis
Vor der Straße

Um Dich dort zu treffen
Und mich

Dann trauern wir um uns

ausatmend.

    ohne dich eine sonneblume bei nacht.
    verwirrt in irgendkeine richtung wenden meinen kopf.
    wenigstens regen, damit ich wüßte oben und unten.
    so aber bleibe ich ein ewiger keimling.
    ohne mutterhilfe. ohne liebe.

nicht sensibel
genug auf dein gesagtes
dich nicht vernommen nicht wirklich
gehört deine stimme verschlagen
deine tränen in mir geschluckt
und gefunden dein zittern
in meinem beben verhallt

geschichten deines herzenshauses
kenne ich noch lange
nicht und nimmer nie

liebevoll zugehört
vertüncht im kerzenlicht
im gelben mondzimmer ein fliegendes warum
ein sehr leises frauenzimmer, ein schönes
in stille nur
eines gedacht
was ich verstanden haben könnte :
nichts.

unzweifel

    in meinem benehmen
    hast du entscheidung gesucht

    aus meinem benehmen
    hast du entscheidung genommen

    dann hast du dich
    mit entscheidung getroffen

    kamst zu dem für dich
    einzig richtigen :

    schluß.

    ich bleibe mit überdenklichem
    und mir und meinem benehmen
    und meinem befinden, nachdem du
    nicht mehr fragst, und will

    zurück.

Wiederhaben

I) Manchmal will ich Dich
Wiederhaben ich weiß
Ich habe Dich nie
Gehabt trotzdem.

Und
Womöglich bin ich be*sessen*
Doch will Dich nie be*sitzen*
Was ich leider nie habe.

Manchmal will ich Dich wiederhaben.
Weiß jetzt, was Du bedeutest.
Jetzt, das ist kurz danach.
Kurz danach war vor dem Ende.

Das weißt Du.
Änderbar ist alles andere.
Nur wir nicht,
Warum nicht.

II) Der Tag ist zu warm und sehr hell.
Immer wenn ich an Dich denke, sehe ich Dich.
Und ich denke dann, Du siehst absichtlich weg.
Und. Und. Und. Keine Poesie.

Schonwiederhaben

    Öfter will ich Dich
    Wiederhaben ich weiß
    Ich habe Dich nie
    Gehabt trotzdem.

    Und
    Womöglich bin ich be*sessen*
    Doch will Dich nie be*sitzen*
    Was ich leider nie habe,
    Immer öfter.

NachAhmen
NachBarn
NachBlick
NachBluten
NachDir
NachDenklich
NachDruck
NachEinander
NachFolgen
NachFragen
NachFranziska
NachGeben
NachGeburt
NachGeschmack
NachHer
NachHause
NachJahren
NachKommen
NachLass
NachLesen
NachMoral
NachMund
NachNacht

NachNähe
NachName
NachNatur
NachRede
NachRufe
NachSaison
BuchNachSehnsucht
NachSicht
NachSinnlich
NachSpann
NachSpiel
NachStellung
NachTeile
NachTina
NachTöne
NachUmsex
NachVorher
NachWehen
NachWeise
NachWinde
NachWorte

wünschte mich erhaben den dingen
zitternd suche ich das tagesergebnis
finde mich weit entfernt abseits -
leise und heimlich alles zurückdrehen
zeit unvergangen machen
meinen körper jünger, reiner, unverbraucht

mit „immer" und „ewig" nochmal
chancen vorsichter umzugehen;
„liebe" nie aussprechen
was lange währte, währt ewig.
streiten mit dem wind.

...und könnte nicht einmal sagen,
ich hätte es nicht versucht...

Sehnsucht**Nach**Jahren? - da irren Sie sich
und täuschen sich dennoch nicht

sorgenfalten mit den jahren
greuel in den haaren

augentrüb die dinge
dumpfes ohrgeklingel

unscharf das verlangen
mit dir und durch dich selbst befangen

*"wenn wir uns selbst fehlen,
fehlt uns doch alles."*

Ehe : es zu spät ist

    Oma mit einem Stück
    Stickstoff
    in der Hand

        hier
        dieser
        jahrestiefe
        Ozean

    Opa indes
    auf seinem Schiff
    wird sehkrank

    Oma kann nicht
    meer atmen

        diese
        Insel
        ewig
        versunken

    Opa gebiert
    Trauri.n.gkeit
    in Geborgenheit

        irgendwo aber
        ist noch

    irgendwas

Der Erinnerung gewidmet
für meinen Bruder

Auf moosigen Stufen warten auf die Kindheit
Sie hat sich verabschiedet
Und nicht „wiedersehen" gesagt
Sie kam bis heute nicht zurück.

Da waren wir unbeschwert
Da waren wir sorglos
Ich habe diesen Platz gefunden
Obwohl ich die Zeit nicht gesucht hatte.

An diesem verfallenen Häuschen Bockwurst gegessen
Auf Wanderung mit Dir
Kommt nicht zurück, ist verdaut
Ist nicht vergessen.

Zehn Jahre vielleicht
Die Wende hat alles zerstört
Weil sie soviel aufgebaut hat
Vielleicht hat sie alles zerstört.

Jetzt ist die Welt giftig
Ich bin älter geworden
Trauriger und müde
Von diesem sinnlosen Streben.

Nach irgendwas
Nur für irgendwas willen
Für mich wenig
Warten in der Heide.

Epilog afterwards
für I. (vier Jahre danach)

einfach ein Bild auf der Haut
zwiespältig dein Haar
immer ein Schild altvertraut
nochmal ein Jahr

wieder ein Korn in der Suppe
leider nicht mehr
wieder der ausgekugelte Arm neben der Puppe
leider unschwer

nochmal ein Lächeln auf Theke
nochmal ein Kuß
und schöne Worte in Pflege
oder nur Stuß

ständig Musik in den Ohren
ständig so laut
gestern antik neu geboren
heut' schon vertraut

wieder 'nen Menschen getroffen
wieder erzählt
einmal beglückt und besoffen
nächtlich erhellt

sonun den Reim nicht verkunstet
jetzt auch verschrieben
wieder nur Wärme verdunstet
oftmals nur Kälte geblieben

neulich das Hirn ausgekoppelt
auf was ganz And'res gehofft
nochmals den Einsatz verdoppelt
staubstark den Kopf ausgeklopft

freudig dem Spaß aufgelauert
und in der Mitte gehüpft
dienstags die Kraft ausgepowert
donnerstags stets neu geschlüpft

grundlos die Sterne beachtet
lachend das Glas umgedreht   /im Gras
novembers im Frei'n übernachtet
im Juli vom Winde verweht

einmal dein Kopf zart gehalten
ständig für immer beglückt
seitdem Gedanken entfalten
und : nie mehr wirklich bedrückt

>>

fürwahr das dichten genossen
und an mich selber geglaubt
immerneu Tee eingegossen
dem Winter den Bauch neubelaubt

danke dir dreimal unendlich
daß du begegnet mir bist
bin dir auf immer geständig
wenn du befragen mich willst

danke dir ehrlich aufrichtig
wie du getreten mich hast
ist vielleicht nicht offensichtlich
hast mir genomm' und gegeben manche entscheidende Last

wieder zu Wüste gefroren
immermal an dich gedacht
neue Gespinste geboren
für's Leben Pläne gemacht

was ich nun damals gedacht hab' und so
hat gleich den Weg mir geebnet
daß du darüber gelacht hast - sei froh
so dir den Weg nicht vernebelt

laß mich heut' gerne verwöhnen
schreib' widerrufliche Worte entzwei
werde der Lust täglich neu frönen
du bist weit weg und irgendwie doch noch dabei

1999

Das Om und die Vögel

Der Walnußbaum ist schön
Die derben Blätter sprechen
Dir Balsam in dein Herz
Den Wall kannst du mit fühlen brechen

Das Dunkelgrün ergetzt dir fortan deine Triebe
Die Knospen sprießen vonan stets
Du brauchst niemehr die Liebe

In deine Höhlung bläst
Ein neuer Geist ein neues Feld
Das ist so weit, das ist so klar
Du ahnst, daß er sich
Mit deinen anderen Ichs unterhält

Es schwitzt, es knirscht, es ist soweit
Es mahnt dich jetzt das Alter
Zurück geht's nicht, zurück ist weit
Und früher war es kalter

altehrwürdig

vierundneunzig jahre rote, gelbe und blaue baelle
in der elbe (/ball in elb/)
gegen die stroemung - fuer wen? -
gegen wen?

also mit.
graue bundhose, blaues jackett
septemberabende zwischen dresden
und berlin
bleiben auf der strecke
haeppchen um kartoeffelchen wird ernaehrt der rotgraue
wolkenstand
(ich sehe nicht recht)/ der mann verschwindet in der zeit

weiß-gelichtete haare auf kopf und armen
die sich aufstellen weil er
nocheinmal sein darf

in dresden
der herrgott macht den dixieland

wenn man dies hohe alter denn erreicht hat und meinte, sein leben nur einem menschen gewidmet haben zu müssen, könnte die liebesbiographie dazu wie folgt lauten (womöglich auch ein trost für verliebte und ein prachtstück für alle junggebliebenen) :

Lebenslove

mit vierzehn läßt Du erstmals Deine Lippen sprechen
mit fünfzehn küßt Du ihre Lippen
mit sechzehn wirst Du ihr das Herz anbrechen

mit siebzehn folgst Du ihren Düften
mit achtzehn prüfst Du ihre Hüften
mit neunzehn leckst Du ihre Lippen
mit zwanzig schätzt Du ihre Rosen
mit dreißig riechst Du ihre Haare
mit vierzig wundern sich die Jahre
mit fünfundvierzig wirst Du älter
mit fünfzig wird die Liebe seltner
mit achtundfünfzig sagst Du Frau
mit sechzig wird die Scham Dir grau
mit sechsundsechzig gurrt Dein tauber Schlag
ein Jahr später sagst Du ihr, daß sie Dich mag
mit siebzig magst Du ihre Lappen
mit siemunsiebzig wird's dann selber nicht mehr klappen
mit achtzig wird der Charme Dir grau
zwei Jahr später läßt sie ab Gewölle
mit vierunach!zig liegst Du allein in dieser Welten Hölle
mit achtn'achzig wirst du plötzlich sterben
und was hast du dann der Welt ... hinterlassen?

Zu lang bald her, doch nie vergessen
für Alex

Als wir uns unterhielten
Du über Theatertexte lachtest,
Als ob es nicht Deine eigenen wären.
Paar Zeilen aus meinen Gedichten
Und auch ich lachte. Wir wußten es.
Was kommen sollte, wußten wir
Und dann liebten wir.
Stundenlang vorgelesen aus uns
Von und über uns. Gleich mit dabei.
Mit mehr Mut kamst Du
Aus dem Badezimmer,
Streicheltest mir den Kopf.
Und wolltest es
Und ich habe es gehofft.
Und wollte es
Und du hast es gehofft.
Und dann wollten wir
Und hatten es gehofft - so lange
- Minuten.
Und dann liebten wir uns.
Hast mich angehimmelt
Uns begehrt, das roch.
Aber ich wollte ja nur das.
Danach glücklich,
Fühlte mich stark.
Vielleicht trotz das -
Nein, bestimmt weil Du
Es auch bist.

"Lange" heißt vergangen?

    Ich habe Dich gesehen. -
    Nennt man einen Tropfen Wasser schon Regen?

    Wir sind uns zugelaufen. -
    Ist das bereits eine Begegnung?

    Ich reiße die Zeit von der Wand. -
    Jeden Tag.

    Gemeldet hast Du Dich nicht. -
    Die Pfütze, in die ich tappe, heißt Tränen.

Für die es wissen müsste

Durch Deine Dornfelder
Jahrelang gelaufen
Geirrt? Geduftet!

Die Schmerzen Deines Kaktus'
Dauern wochelang an
Eitern raus
Aus mir
Nur langsam.

Dabei dachte ich
Deine Art wäre eine andere
Doch Du bist ein
Zum Verweilen verlockender
(Schwieger)Mutterstuhl.

Warum bist Du verduftet
Wann blühst Du wieder

Früher

In den Kindersitz
Legt sie Flaschen

Alte Bibliothek

Die alte Bibliothek voll verflossener Geliebter. Vergangene war dunkler Käse. Kommende Woche werde ich mich erhängen. Der Gang vorbei an all den Regalen. Staubige Verwirrung tritt mir Luft in den Kopf. Milchiges Licht spuckt Tage auf die Straßen. Wege fühlen sich verraten und getreten. Ein Duft verbrauchter Gechlechter liegt in Augenhöhe. In ihren blutigen Haaren kleben meine Lesezeichen. Durchgekommen bin ich bei keiner ganz. Lustprinzipien haben mich über den Haufen geworfen.

Stinkigdüster küsst der Himmel klaffende Spalten des Erdballs. Im Kopf wachsen Maronen. Ausnahmslose Farbstifte sind schwarz-weiß geworden, fast einer Grautonsaison zwischen Oktober und Winter. Röchelnd stürzt sich der Wind auf die vorletzte Dunkelrotrose und vergewaltigt sie samt Hals und Wurzel. Starrend schaue ich währenddessen weiße Wände. Bis der Samen herrauschschleudert.

Zum Abendrot wieder und ewig die hagere Butter auf den letzten, schimmeltrockenen Kanten Speckbrot, das Brüsten gleicht. Das stiebt aus dem Mund. Ein ranzigweißes Zipfel Rotwurst liegt in eine Staubflocke verknäult im Kühlschrank. Das Frostherz irgendeiner Vergessenen halbgetaut grüngefärbt ledrig giert springend den Augen. Die waren stumpf wie die eines tot doch noch zuckenden Fisches geworden.

Welkes Fleisch, Tote Grüße, Blöde Wörter - das waren die Aufschriften der Gewürze. Vor allem konservierte Versprechungen brachten Lungen zum Erliegen. Was kaum relevant war. Was überhaupt interessierte?

Die restliche Landschaft. Die anderen Zimmer.

Aber auch das waren Kopfgeburten. Bedeutungsschwangere, wenn ich zitieren darf. Die sahen nicht gesund aus. Unsere Gemeinsamkeit war, daß wir die Speisen in den Topf zurückspeiten und sie den Nichtanwesenden überliesen. Das merkte ja keiner. Und was Sie alles noch nicht wußten!

So zuckten wir schwitzig viermal täglich und dreimal nachts durch die Kissen. Fickten auf Teufel komm raus bis wir uns, erschlafft, vom Schlaf das schlechte Gefühl und den abgestandenen Nachgeschmack zudecken liesen. Am Morgen leckten wir wieder.

Nachmittags danach unsre eigenen Wunden. Wer wollte das wissen. Und dann stand er irgendwann vor unseren Türen. Auf Verabredung drückten wir ihm die Augen aus, dem Teufel. Was dem folgte? Sehnsüchte nach Glück. Kopulierende corpus delicti. Matratzen, die schimmlig wurden. Was uns Reserven entlockte, kribblig machte. Er hätte uns nicht verschont, sozusagen uns kein Auge zugedrückt.

Buchstabe U oder M. Was ich wußte, war mir egal. Dem Unbekannten beiwohnen. Den Gutriechenden beischlafen. Ich blies den Staub von ihren Wangen. Es war doch so. Schlurfend erinnerte mich mein hängender Kopf an mich. Jagdtrophäenähnlich hatte ich ihn neben der Eingangstür angenagelt, nah genug, um zu wissen, wie ich provakant Neues und Alles vermischen konnte.

Dem riß ich die Lippe ab. Der konnte sowieso nie genug bekommen.

Zur Unterhaltung
für I.

Wir sitzen uns gegenüber
Und unterhalten uns
Und reden über Gesundheit
Und anderes Kranke
Mit einem Finger berühre ich
Die Kuppe Deiner großen Zehe

Wir sitzen uns gegenüber
Und unterhalten uns
Und reden von unseren Tagen
Und doch dem selben
Mit einem Finger tippe ich
Auf Deine weiche Wange

Wir sitzen uns gegenüber
Und unterhalten uns
Und plaudern über Zukunft
Mit meinem Mund hauche ich
Ans Ende einer Deiner Brüste
Die stülpt sich

Wir sitzen uns gegenüber
Und unterhalten uns
Und reden von Welten
Die zwischen uns liegen
Mit meiner Zunge befeuchte ich
Das Ende Deiner Zunge

Wir sitzen uns gegenüber
Und unterhalten uns
Und erzählen von uns
Und anderen Fremden
Mit meinem Finger tippe ich
Auf deine Knospen
Die blühen auf

Wir sitzen uns gegenüber
Und unterhalten uns
Und reden über irgendwas
Was auch noch egal ist
Mit Deinen Lippen lutschst Du
Die Spitzen meiner Fragen rund

Wir sitzen uns gegenüber
Und unterhalten uns
Und fragten uns
Und antworteten
Ganz ohne Worte

Ich hatte nicht nur
Im Traum daran gedacht.

ein haufen nußschalen
von iris

ein haufen nußschalen und eine birne weniger
neue bilder von dir
und sepiafarbene erinnerungen wie der
zurückgelassene teelöffel im abendlicht

der hölzerne küchentisch, mindestens so starr
wie du warst, die obstfliegen so unbefangen
wie du bist in meinen augen
suchst du nur deinen vorteil

die erbsensuppe habe ich mit kartoffeln angereichert
und du wirst mir nicht schreiben aber du
willst mir schreiben jedoch sprichst du
schnell und da ist versprechen leichter

egal welche suppe du rührst,
am deckel schlägt reines wasser nieder.

2000

NachAhmen
NachBarn
NachBlick
NachBluten
NachDir
NachDenklich
NachDruck
NachEinander
NachFolgen
NachFragen
NachFranziska
NachGeben
NachGeburt
NachGeschmack
NachHer
NachHause
NachJahren
NachKommen
NachLass
NachLesen
NachMoral
NachMund
NachNacht

NachNähe
NachName
NachNatur
NachRede
NachRufe
NachSaison
BuchNachSehnsucht
NachSicht
NachSinnlich
NachSpann
NachSpiel
NachStellung
NachTeile
NachTina
NachTöne
NachUmsex
NachVorher
NachWehen
NachWeise
NachWinde
NachWorte

der typische sommer. mit so warmen abendsilhouetten. luft und wärme. und das knackende kaminfeuer. der blick auf das kalte meer aus dem fenster des schilfgedeckten hauses. im winter. kerzen in ton. verstreute einsamkeiten. das war dann das jahr.

...und wenn es kalt ist, wird der sommer gewünscht. in diesem wiederum sollte es doch bitte nicht so unerträglich heiß sein. ja, was der mensch gerade nicht hat...

SehnsuchtNachSaison, doch die schönste saison bleibt die NachSaison, oder etwa nicht?

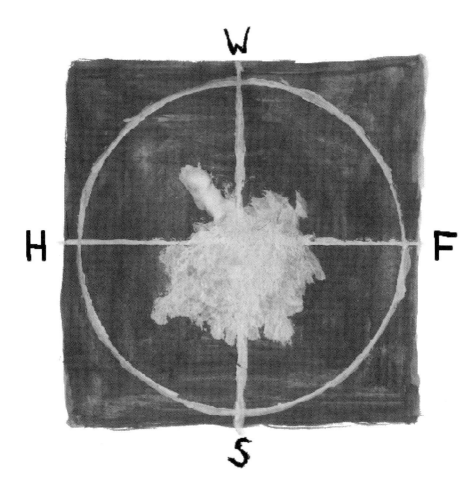

vergangenen herbst II

vergangenen herbst
wollte ich laubblätter
wieder aufhängen -

wir hatten blätter
gemeinsam
zusammengetragen

diesen herbst -
obwohl es noch ein bißchen schmerzt -
wurden erneut blätter
zusammengetragen

von mir allein
für dich

zum zerreißen gespannte
aus papier

aber aufhängen?
aufhängen konnte ich die
vom vorletzten jahr
auch dieses jahr
nicht mehr

vergangenen winter
(der nach dem ersten vergangenen herbst)

> vergangenen winter
> war ich
> einsam
>
> diesen winter
> bin ich
> allein

Anzeige

Das Gedicht „vergangenen herbst"
ist zu finden im ersten Buch von
Lyrico „Ich wollte nur...", dessen
zweite Auflage im Jahr 2001 im
worthandel : verlag erscheinen wird.

ISBN 3-935259-00-X

dieses frühjahr
Beate gewidmet

in diesem frühling/
muß ich/ wieder
blatt für blatt/ auf*lesen*

so traurig weich/
kann ich/ vom streicheln
nie genug/ bekommen

das laub/ beschreibt
sich selber/ du
mußt es/ nur fragen

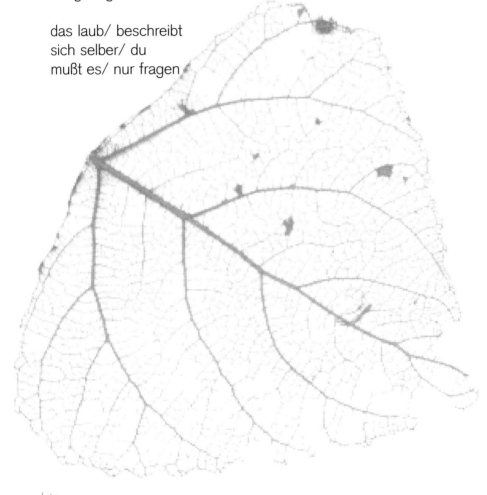

Dies ist wie ein Lied. Vormichhergesungen.
Des öfteren. An eine Geliebte.

One more reason

Give me one more reason to stay here
Give me one more reason to leave you
Give me one more reason to love you
Give me one reason to starve for you

Give me one more season to search you
Give me one more season to hurt you
Give me one more season to love you
Give me just one season to be there for you

Give me one more minute to be care for you
Give me one more minute to hold you
Give me one more minute to told you
That I can't go straight on without you

O, just one more...
Just one more.

Du (II)

die stille hängt ihre beine zum fenster hinaus
und traurig summt 'ne nadelspitze sehnsucht

ding, ding, dong - poch, poch:
das graue leben zehrt schmerz

meister mond wippt ein netz,
alles läuft alleine; schnarcht

laue lust und schwärmerei
ziehen dir das mark entzwei

blüten vertuscheln sich süß;
gehen im sturm unter

die augen auf august:
das eis rutscht in der sommerliebe aus

im wasserglas brennt's friedlich,
bis das glück überschwemmt

und so stehst du im wind,
streichelst dich

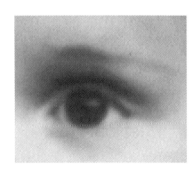

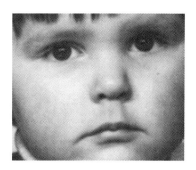

*fragst, was du geträumt hast
und kämmst furcht aus ebenholz'nen haaren*

*hinterm kaktus schämt sich eine wolke
doch du denkst nicht dran zu antworten*

*triumphierst singend
mit dem du, daß sich mit dir vereint*

*nacht und tag und tag und nacht
dann bist du neuerndings erwacht*

Fotos : Archiv, 1979

des herbstes

holzschale reife äpfel
junge knospen unser baum
sonne die eher untergeht
unzählbar braune blätter viele weiße
schwarz-weißes, schwarz auf weiß
in mir wolken viel feuchtigkeit
daß die momente vergangen
sie.

Tag im Kochbeutel

an grauen tagen im nebel wandeln
in den kochtopf spucken
in welchem wir den tag garen
abends ihn am zipfel der zeit rausziehen

betrachten von allen fuenfundzwanzig seiten
deinen brief vertonen und dir irgendwann
einen kuss schicken

bis du verstehst
dass es unwichtig waere
wenn da nicht
(ich meine ja nur)

briefmarke drauf
plattlatschen
sohlenmuster auf's kuvert
das besser noch hinter deine stirn sollte

ihn nasskuessen
und deinen duft
in den biomuell schmeissen
(ganz gleich er nicht wiederverwertbar ist)

dann muss ich mich schaemen
wegen einer bloeden a-L!-bernheit

fange zu heulen an
heule laut auf
hoere auf und

moechte die eule toeten
die ich selber bin
die sich den kopf nach dir verdreht
fast fuenfhundert grad
in mehr als 3650 tagen

willst nicht verstehen
tust es aber gut
dich nur hoeren duerfen

aber so schlimm
ist es wohl doch nicht...!

Ein liebes Gedicht
für Astrid

In diesem milden Winter
Warte ich
Wie auf Deine Liebe
Bis ich eingeschneit bin

Nackter Oder Körper

Die Arme gestreckt weit
Von mir ins Dunkel
Der Nächte

Die Du mir nie schenkeln wirst

An Deinen Abseiten
Rollt ein
Kuß hinunter

Den Tränen nach

In Deinen Lidern
Singst Du so zart
Andere Melodien

sechste jahreszeit

über die zeit stülpt sich ein pilz
der tag gibt dir die sporen
fein verstäubt nah der kopfhaut
jeder tropfen in deinem dritten auge verschwimmt.

durchnässt die schläfen
du legst dich still
ins nasse gras
und sammelst abende in deinem brustkorb.

unter deinen augen hängt musik
wie rote schatten
verträumt, verkannt, vergessen
jeder tropfen verschwimmt in deinem dritten auge.

Aus dem letzten Jahrtausend

(eine freiwillige eintragung am 261099)

nur des schreibens willen. am elbufer. auf einer bank. sonne. vormittags. herr seewald und seine kinder. wärme. lecker wiese. eine alte frau geht kleine schritte; lange wege mit weißen haaren. vielleicht würde sie etwas erzählen wollen. der hund alpha. der hat ihn ans herz geschubst. hand aufs herz. ein mann mit einer geschichte geht vorbei. guckt lieb. denkst du, es muß immer irgendwann vorbei sein? wenn wir gut zueinander sind, könnten wir uns sehr lange gernhaben, ohne so nah zueinander zu kommen, daß wir uns voneinander entfernen müssen.

jeden morgen entstehen neue tautropfen. kleine kinder rufen wie katzen schreien. himmel : blau . mein arbeitstag. sonnen. denken dürfen. rumsitzen. schreiben. ein kleiner junge im rollstuhl. seine mutter fährt mit ihm an der pfütze vorbei, in der er sein problem gesehen hat. das gras riecht niedlich. die sonne sagt ja. der wind blättert die seiten. leipzig fährt vorbei. herbstblätterfarbene gesichtszüge. eine elster stipft im gras, hüpft.

fliegt davon, weil vivien gerufen wird. „hier sind noch mehr leute außer dir [...], mein gott!" wind durch die haare, der den rauchnebel der nacht verweht. sozusagen wehmütig. lachen im gesicht. freundlich zur welt. unser kleiner taugenichts. krähen schreien. ein lied geht mir durch den kopf.

(dies-elbe-bank, 281099)

die abgelegte jacke wie ein häufchen elend neben mir. so ungefähr auf halb acht. zum sonnenaufgang. zwei striche nahe der biegung des flußes im bodennebel. vereinen sich allmählich. menschen mit horizont. das rot im blau wandelt zu hellgelbwolkig. des himmels ix. sonenaufgang allein. ein erduntergang.

Du (III)
für Christiane

Du küsst dem Herbst die Füße
Dafür sendet er die ersten Flocken -
Nur für Dich.

Es ist schön, so lieblich zu sein.
(Es ist so schön, lieblich zu sein.)

Du drückst Dir die Nase platt
Wegen seiner Schönheit
Um nicht zu frieren.

Ob gelbe Blätter den Winter überhängen am Baum

Du spürst seine Verästelungen, die kahl werden
Auch in Dir
So weit berührt die Jahreszeit.

Was wohl die Birke in der Dachrinne denken mag

In Deinen verwilderten Blumenkästen Meisenfedern
Und Nahrung für ihre Liebe zu Dir
Tschilp.

Dem Himmel graut vor Dir

Du suchst Dir neue Blätterwege in den Winter
Die ausgelatschten sind be-Uhr-Laubt
Bis März.

Und schnupperst kalte Luft des nachts

Der Winter seift Dich ein; wäscht Dir den Kopf
Vielleicht verliebst Du Dich nie wieder so
Wie in diesen November.

Loskommwahn

Oh, das ist der Loskommwahn!
Wann werd' ich davon loskomm'- wann?
Ich häng' doch immernoch fest dran.
Ja, das ist der Loskommwahn!

Nicht gemeint der Los komm! -Wahn,
Der war vorbei - schon irgendwann.
Auch der Komm -Wahn ist vorüber,
Müde sind erregte Glieder.

Kommt's nun auf was and'res an.
Ja, das ist der Loskommwahn!

Ein Wahn in Dir, der Dich befällt,
Der Dich vom Licht in' Schatten stellt,
Der Dich erst streichelt, später schellt.
Der Wahn - erst die, jetzt diese Welt.

Ein Ding, das Dich noch immer quält.
Ein Wahn, der Dich allein erwählt,
Einer, der Dir die Hirnhaut schält.
Ein Schmerz, der Dich am Leben hält.

>>

Oh, das ist der Loskommwahn!
Schau Dir seine Opfer an.
Nun bist Du, ja, Du bist dran.
Ja, das ist der Loskommwahn!

Ja, das ist der Loskommwahn!,
Bei dem man nicht'mal wählen kann,
Er zieht Dich gleich in seinen Bann.
Oh ja, das ist der Loskommwahn!

Bist weder Junge, weder Mann,
Egal, es ist der Loskommwahn!
Bringt er Dich auf die schiefe Bahn
Oder renn' fort und halt Dich ran,
Sonst kriegt Dich schnell der Loskommwahn!

Ja, das ist der Loskommwahn!,
Welchen man nicht täuschen kann,
Erwählt er Dich, dann bist Du dran.
Der Loskomm-, Loskomm-, Loskommwahn!

Wann hat er Dich, wann, wann nur, wann?

(F)rohe Weihnacht

Zu Weihnachten wollt' ich nicht viel,
man kennt das ja, das Schenke-Spiel.
Ich geb' dir dies, du gibst mir das,
auch jenem schenken wir etwas.

Dann liegen uns're Wünsche da,
ein frohes Fest und schönes Jahr.
Gegessen wird, was's Herz begehrt,
meist Braten, Süßes wird verzehrt.

Kerzen glüh'n in hellem Schein,
wir alle soll(t)en glücklich sein.
Zur Kirche geht so mancher auch,
so war's schon immer, so will's der Brauch.

Frieden und Liebe allen Ortes,
man streitet nicht, ist frohen Wortes.
Das Kinderlachen freut uns sehr,
„ ...draußen vom Walde komm ich her."

Tannenduft erfüllt den Raum,
fast jeder hat 'nen Weihnachtsbaum.
Man redet heut' von alten Zeiten,
und wie wir uns auf kommende vorbereiten.

Man lächelt, freut sich, mag auch scherzen,
doch irgendwo ganz tief im Herzen
will man nicht das, was man grad' tut,
empfindet Trauer, Schmerz und Unmut.

Was nützt uns das, was uns geschenkt,
wenn uns're Seele ist gekränkt.
Was brauchen wir die Weihnachtskarten,
wenn wir auf Liebe and'rer warten.

Was nützen Geld und viele Sachen,
wenn Sehnsüchte uns Kummer machen.
Wozu die Wünsche, Grüße, der Weihnachtschor,
wenn Liebe findet kein offenes Ohr.

Was bringt uns all das, wenn wir *eines* vermissen,
Ich hab' Dich lieb, das sollst Du wissen.

1995

NachAhmen
NachBarn
NachBlick
NachBluten
NachDir
NachDenklich
NachDruck
NachEinander
NachFolgen
NachFragen
NachFranziska
NachGeben
NachGeburt
NachGeschmack
NachHer
NachHause
NachJahren
NachKommen
NachLass
NachLesen
NachMoral
NachMund
NachNacht

NachNähe
NachName
NachNatur
NachRede
NachRufe
NachSaison
BuchNachSehnsucht
NachSicht
NachSinnlich
NachSpann
NachSpiel
NachStellung
NachTeile
NachTina
NachTöne
NachUmsex
NachVorher
NachWehen
NachWeise
NachWinde
NachWorte

Knöspelnd
Vom Zarten Grün
Über Dunkelgrün
Töne des Gelbes
Nach Braun
Zum Blattgerippe
Oder Verfaultem

Gedanken; Kopfgeburten,
die zu Humus werden

Sehnsucht**Nach**Natur

Spätabendspätsommerlicht

spiegelt sich an den Stämmen
mit der Nordseite Moos
wie die weiche Seite unserer Herzen
im alten Steintrog Wasserlarven
die stechen bald
nach ihrer Weiterentwicklung
wie wir.

blätter treiben

    von jetzt bis unendlich

        im haus

            auf weitem flur

                ewig, wie wir nicht.

tulpenkavalier ohne erwartungen

    aber der graue tag hat sich den schwarzen gürtel umgeschnürt
    und kämpft mit der sonne um honigdicke kullertropfen

    warme nähe

    das ist, damit dem frühling warm wird
    und die krokuszwiebeln nicht im hals brennen

    vielleicht auch einen jasmintee
    aus märzenbechern trinken,
    abwarten

    und hellfrisches gras streicheln -
    bis die herzknospe platzt
    und der sommer dich umarmt

    erst dann

Morgenstimmen

Nebel Schwaden Blicke auf Sunderhaut
Nabel Felder Spuckspur auf Hüftenhaut
Nebel Stimmen Lichter in ruhigem Stand
Schultern Träger Neuheit so duften wahr
So vertraut
Rosen Getragene Schlüpfer Nase
Groß Zeh

Auf Wegen

kaltnaß die Notizen schwinden
der dünne Lufthauch küßt und
schmeckt an heimlich Deinem Bauch
das Gras wird Dich zum Frühling finden
das weißt Du und Du spürst es auch

schöne Augen weiden trüb
Berg und Wurzel in Dir tief
schenken jenen Lüsten Gipfel
der frische Winter bettelt Dir um's Leben - also gib!
stolpernd über Stock und Wipfel

pfefferkäse, alles

   löwenzähne wiegen im wind laut weht ein himmel über sie hinweg
      das wetter ist schwül, drückend, es bedarf eines donners
   wir spulen schnell und ergiebig unsere gedanken ab
      der erhoffte befreiungsschlag kratzt nur an der oberfläche
   man lies sich nur nicht genug gehen?
   die erdanziehung zu stark für den fall einfach
      angesichts von käsehäppchen den mund zu einem lächeln formen

lyrico und
      torsten khol

*wenn die themen ausgehen. ein wettergedicht. nein, nein,
ich wetter nicht über andere (nicht schon wieder)...*

geil es donnert

geil.
es donnert.

noch helle sonne
doch im grauen schlund
öffnet der himmel
seinen feuchten mund

die bäume begehren
alle blumen hoffen
dicke wolken ham sich
den bauch vollgesoffen

mit wasser vom meer
das trockene ächzt
ein süd-südwest
zeigt sein großes geschlecht.

unverhohlen dicke tropfen
die erde simmig benetzen
knittrige götter röhrend
das leben ergetzen.

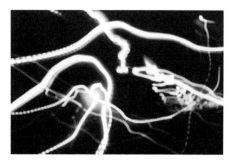 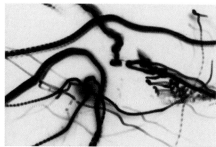

Lauf der Dinge
für Markus

die Elbe fließt so dahin,
die Sonne schmilzt so daher,
das Gras kratzt sich unter den Achseln,
der Weg macht sich stetig breiter,
die Blumen flirten mit den Wespen
(schon aus Prinzip nicht mit den Bienen),
die Hummeln surren über flirrende Straßen,
die Straßen pöbeln die Leute an,
die Ufer fühlen sich betreten,
der Regen bleibt im Zwinger gefangen,
das Finanzministerium macht pleite (in Sichtweite),
ein Geier frißt mein Herz,
Amor schießt sich den Pfeil in den Fuß,
der Schrei von Edvard Munch hat sich im Louvre erhängt,
der Schaukel wird schwindlig,
die Wippe hält das Gleichgewicht und
meine Beine sind so Arm,
daß sie sich den Gang über den Regenbogen
nicht leisten können...

die (zusammen -) hänge sind zärtlich zu ergänzen

elbhänge - klänge

am lid millionen fragen
porenstaub ufer
heißer schweiß
wasserhaut frisch

nackte nabel lustverspielte halme
ewige käfer durstbegehr
schattige gesten wissender
verliebte bäume beim bienentanz
ihre jahrgeprägten hüllen

leib, der den stoff ergibt
lehm duftende achseln
gebückte sterne orangenmond
abendbilder streicheln sich

spinnenklang weben
offener tanz einer schamschau
fremde decken sanftvertrauen
einölen zungenschmeicheln

hände ineinander hände
pos berühren pos
ohren entfachen das gras
füße quecke nase geleck

oberflächensonne wasserphilie
tümpelgeburten toben überm blut
rotblau flirren rindenschaum
mundlappenkuss brunnentief einfalt

zuckerreich tastende zahnreihen
trinkgefühlsannährung

gottvoll rundungen mädchen
samenkissen ampferbiene

ein end
zwei enden

Foto : Nora Herold

Elbabwärts

I)

Leben wildes Geflecht
Luftwurzeln schlagen, ungehört
Ein Abwesen gemietet

II)

Unfarbiger Nebelabend
Jackentaschen, handgefüllt
Zum alten Baum gelaufen

Weinend Kommendem gedacht
Tränenlos an dieser Mauer gekratzt
Niemanden nichtmal angeschwiegen

Alleingelassen gewesen von Nie-Richtig-Zuhörern
Das Weh geteilt mit Schlachtemessern
Und den Apfel

Entkernt die zweite Hälfte des Jahres
Das Ende begonnen
Geschluchzt auf dem Ab-ort

Mit Metallfeder das Herz aufgekratzt
Vernarbt eine Wolke bekniet
Den Stern fortgerissen

O, zerschlatztes Himmelszelt!
Das Neue und das Alte
Ob Ersatzliebe möglich wäre?

wasser lebenselexier
dennoch stinkt *der see im fluß*
der mensch am element.

sei lieben erhaltung
so fern du mir *sicher* bist
vetraute stimme auf *nummer*.

und gunst uns gnädig
un- stein für stein begreiflich
das *fassbare* ufer.

Romantischer Realismus

Der Waldarbeiter streichelt
Dem Baum über seinen Buckel.

Er mispelt leise; Angewohnheit,
Tief verwurzelt.

Er schneidet den Ästen
Ins eigene Fleisch.

Spinne trampelt auf den Pupillen
Des Baumes herum und wieder.

Er schlägt Knospen kaputt,
Denkt, er weiß was er tut.

Realistische Romantik,
Wurzelsex.

Ihm läuft die Spucke
Aus den Stiefeln.

Verpilzt
Claudia zugeeignet

ich wollt', ich wär' ein pilz auf wiesen
mal würde mich der regen gießen,
mal schien die sonne auf mein hut,
mal wär' es dunkel, manchmal gut.

mal pullert mich ein wildschwein voll
mal hüpft vorbei ein greiser troll
mal fällt ein blatt auf meinen kopf
mal flirt ich mit 'nem regentropf.

von ruhe hätte ich sehr viel
und sowieso hätt' ich dann stiel
mal eine schnecke auf mei'm bein
mehr muß das leben gar nicht sein.

und kommt ein alter mensch vorbei
und pflückt mich dann - 's ist einerlei.

solange mein myzel noch bleibt
mein baby nächstens wieder treibt
solange meine erdung stimmt
bin ich wer, der nichts übelnimmt.

Austreibung

Das Treibt Mich Ans Meer
Lässt Mich Springen Ins Meer
Im Meer Schwimmen
Lässt Mich Saugen Am Meeresbusen
Mich Abtreiben Im Meer
Begreifen Mich Das Meer
Erretten Mich Vorm Tod Mit Dem Lebensschwimmring
Lässt Mich Treiben Auf Dem Mehr

Lässt Mich, Macht Mich Singen
Die Wogen Küssen
Mich Ergeben Den Gaben
Gischt Im Ohr, Salzkruste Am Knie
Bis Ich Säule, Denkmal Bin

Ich Klatsche, Die Steine
Mein Hirn Hinterher
Gehe In Gedanken
Tauche, Gehe Unter,
Schnapp Erneute Luft, Spring Über

Die Klippe, Überwinde Die Kluft
Es Peitscht Mich, Bin Von Innen
Verdörrt, Äusserlich Verdürrt,
Abgeschmirgelt, Abgemergelt
Tauche Auf Und - Wieder Runterkommen

Was kann und was kann
für Brigitte Oleschinski

    Und was nicht.

    Die Natur kann nicht kommen
    Die Natur erscheint nicht
    Sie wird uns nicht bitten
    Darum, dass wir sie aufnehmen

    Die Natur bleibt nicht aus
    Wird nicht fehlen
    Wird nie fragen: Darf ich?

    Die Natur bleibt nicht da
    Sie wird nicht vergehen
    Aufnehmen werden wir sie nicht
    Koennen.

    Ausperren koennen wir sie nicht -
    Die Natur.

    Sie ist -
               einfach.

    Sie ist einfach.
    Sie ist.

    Sie ist einfach da.

               einfach da
                und da

  und da
        und da   oder da

     Aber Du hast sie doch ausgesperrt...
    Ob das jetzt Deine Kunst ist?

NachAhmen
NachBarn
NachBlick
NachBluten
NachDir
NachDenklich
NachDruck
NachEinander
NachFolgen
NachFragen   NachNähe
NachFranziska   NachName
NachGeben   NachNatur
NachGeburt   NachRede
NachGeschmack   NachRufe
NachHer   NachSaison
NachHause   BuchNachSehnsucht
NachJahren   NachSicht
NachKommen   NachSinnlich
NachLass   NachSpann
NachLesen   NachSpiel
NachMoral   NachStellung
NachMund   NachTeile
NachNacht   NachTina
                  NachTöne
                  NachUmsex
                  NachVorher
                  NachWehen
                  NachWeise
                  NachWinde
                  NachWorte

sein zuhause verleugnen
ist schwer
mindestens selbstbetrug
ist wie
streiten mit dem wind

wann ist daheim auch heimat?
kann sich heimat verschieben?
wieviele tränen braucht
eine rückkehr?

ist geborgenheit mit nähe ersetzbar?
wieviele herzen braucht ein bleiben?
wie lange dauert es, bis die ferne
zur selbsterkenntnis taugt?

vielleicht keine antworten

Sehnsucht**Nach**Hause
Sehnsucht**Nach**Nähe

Foto : Anja Wünsche

Heimkehr

Auf einer Wiese schlafen
Zwei Kinder sanft und still
Sie zählen zu den Braven
Sie tuen, was man will.

Bloß woll'n sie nicht ergeben
Das lange leben sein
Und spüren das Bestreben
Sie selbst zu bleiben, rein.

Gar wenig nur bekleidet
Liegen sie Mund an Mund
Geben sich ihre Liebe
Mit Sommerküssen kund.

Solch' junge, kleine Leibe,
So nah, schon fast verwandt
Und ohne feste Bleibe
In einem großen Land.

Die guten Hände streichen
Sich Haut und Haare mild
Bis ihre Atem weichen
Und ihre stumme Hoffnung
Auf Erden nicht mehr gilt.

Jetzt erst hat's Glück und Frieden
Die Zungen trocknen aus
Es bauen sich die Fliegen
In ihren Augen Haus.

(Vor dem Rathaus zu Dresden. Dagesessen und gedacht. Und dann das.)

Blödes Wort „Heimat"

Nur hier
Keine Entfernung (zu Null)
Hier bist Du -
Hier, wo Du immer schon warst
Wieder da
Hier bist Du daheim.

Nur hier
Der Orientierungspunkt
Des Ausweglosen
Distanz zu „hierher"
Überall.

immer was machen

immer was machen
immer was essen
immer wohinfahrn
immer vergessen

heischen nach lustig
anstand anstreben
ruhe verpressen
arbeit statt leben

immer und alles
wenig zum fühlen
schön pünktlich aufstehn
träume entwühlen

nachrichten deuten
kummer verrosten
ströme bezwingen
sich selber vermosten

wünsche vergessen
moospolster düngen
galoppierendes zeitlos
das leben erzwingen

meine familie beim essen

    meine familie sitzt jetzt beim essen
    und erzählt sich geschichten,
    die ich längst schon weiß.

        und ich sitze hier mit mir und schaue mir
        das stromkabel aus der wand an.

    denn meine familie berichtet von geschichten,
    die ich längst schon weiß, die ich
    schon tausendundeinmal gehört habe.

        und zu essen habe ich nichts, aber auch keinen
        appetit auf die geschichten meiner familie, die ich
        schon kenne, solange ich lebe.

    so sättige ich meinen blick mit dem stromkabel
    über der dunklen lampe und meine darin mehr zu entdecken,
    als in den geschichten meiner familie,
    die ich längst schon weiß.

        und so kommen meine gedanken
        von der geschichte des stromes,
        zum strom der geschichten
        und wie es früher einmal war.

und dabei erinner ich mich
an geschichten meiner familie,
die ich längst schon kenne
und so gerne höre.

        und ich wäre gerne
        mit meiner familie beim essen
        zu lauschen den geschichten,
        die ich längst schon weiß.

Ich bin ein eher friedlicher Mensch. Ehrlich bin ich auch. Manchmal komm ich dann doch in Versuchung. Ich meine Verrat...

Verrat wäre

    Den Kuchen von Oma
    Nachzubacken

    Vielleicht sogar
    Genau nach ihrem Rezept

    Ihre Erfahrung und die Hände
    Ein Versuch wäre es wert

    Verrat wäre es
    Aber die Liebe

    Kann man
    Nicht backen

Wie das einem Kind erklären

Weil man unglücklich ist
Weil man sich das irgendwie anders vorgestellt hat
(Schon als Kind)
Weil das früher noch zärtlicher war
Weil es nicht das ist, wovon man dachte, man bräuchte es
Weil man älter geworden ist

Mit der Zeit und
Gegen die Zeit

Weil einen niemand so recht versteht
Weil man nicht soviel denken will
Weil man nicht soviel denken darf
Wegen den Hoffnungen
Oder aufgrund der Vergangenheit
Weil wir Erfahrungen gemacht haben
Wegen der Enttäuschungen

Die Zeit ändert sich nicht
Die Zeit verändert die Dinge
Die Zeit ist immer die Zeit
Die Zeit ohne Maßeinheit

Weil das Gute mal war
Weil das Gerechte mal war
Weil das Wahre mal war
Oder aufgrund von Gründen

Oder verändern die Dinge die Zeit
Und der Lauf der Dinge dann wieder die Zeit

Letztendlich.

*(Vielleicht mag es einfach sein, das alles einem Kind zu erklären,
doch wie wäre es, das alles seinem Kind erklären zu wollen.)*

Heute dort.

Drei goldene Engel über Dresden
Und wir sitzen einsam an irdischen Orten
Mit unseren Philosophien

Das Blaue Wunder, das graue :
Wie sie uns auch sonst das Grau und den Einton
Als phantasievolle Farben verkaufen wollen.

Duftende Colorplakate
Gewölbemäßig
Weltbilder an die Wand geschraubt.

Morgen hier.

Taschentuch

meine Oma schenkt mir ein Taschentuch
für meine Tränen
für meine Wunden

das Taschentuch ist dunkelgrün
für meine Hoffnung
für meine Ruhe

darauf breite ich Träume aus
und schwebe dann
bis mich der Morgen wieder graut

das Taschentuch ist groß
für viele meiner Tränen
für meine offenen Wunder

das Taschentuch riecht gut
nach meiner Oma Liebe
das Taschentuch riecht nicht nach Dir

das Taschentuch hat ein großes Herz
hat Platz für Liebe, sogar für dich
und meine Oma sowieso

Schneetaufe
von Beate

tiefe Monde
in einer von Stille geerdeten Zeit
aus einem blauen,
zwischen deinen Jahren klemmenden Grund

Spürsinn macht Reden verdächtig
wir liegen in unendlicher, undeutlicher,
sich nie wiederholender Glücklichkeit

doch die kehrt immer neu
und du trinkst,
daß die Stunden die Kehle hinabrinnen
mit einem Halm

mein Feuer läßt den Sand,
der du im Getriebe bist,
schmelzen, da wirst du gläsern,
nun sehe ich dich

verschwommen kommst du mir vor
verschwommen, verloren inmitten deiner Tränen
verschwommen, deinen Traum verfehlt
verschwommen, mit den Armen rudernd,
ohne Halt zu finden (keine Strohhalme)

das Wasser, das du trinkst, umgibt dich
das Wasser, das dich zu Grunde sinken läßt,
umgibt dich (du tust nichts dagegen, denn
ziehst du den Stöpsel, reißt der Strudel dich
auseinander, reingeschlurft in den Abfluß)

der Schnee wird dir die Zellen trocknen
das Leben deine Träume, deine Wege
dickes Eis macht deine Augen rot und müde und heiß
die Menschen deine Tage

unter falschem vorwand

ich möchte dich unter falschem vorwand treffen. tabak. mein arbeitsplatz ist verwaist. ich sträube mich gegen ihn, lehne mich gegen mein fleisch auf. das hilft aber nicht. ich will mit dir schlafen. wenn's sein muß auch miteinander. ich habe nichts zu verlieren, außer die freundschaft und dich für immer. die ist mir nicht egal, aber egal.

ich weiß weder ein noch aus. ich war in anderen orten, bin in der nacht verreist und dabei ist mir bewußt geworden: wenn du niemanden kennst an oder in dem ort, wo du dich aufhälst, wünschst du nur, zu hause zu sein. umso mehr stimmt die wahrheit.

cola und tabak. als ich zurückkam, wenige abende später, habe ich mir zigaretten gekauft. warum gerade diese, war mir nicht klar. nicht solo, duett. verstehst du? natürlich kannst du nichts dafür. eigentlich wollte ich noch weiter, hatte aber keine lust mehr und war außerdem tierisch müde, sechsundsiebzig stunden wach.

ich könnte jeden moment wieder los. völlig ungebunden. und weiß nicht, ob ich das schlimm finden soll. ich denke, ich werde dieses wochenende versuchen, an die ostsee zu trampen. mit dem, was mal ein buch ergeben soll. um nochmal in mich zu gehen, auszuwählen, zu überlegen. zu zweit wäre trotzdem schöner, auch wenn ich dann kaum zum arbeiten komme. (darf man das arbeiten nennen?) gemeinsames erleben. nie kannst du wirklich alles erzählen, was passiert ist.

ich kam aus einem weiten film und habe auf die letzte linie, halb eins, gewartet. dann überkam mich doch das gefühl, daß ich nicht nach hause will. und so habe ich sie neben mir fahren lassen. ungefähr um zwei hat mich dann der erste mitgenommen...

ostsee, nachsaison, herbst, stilles wasser. mit dir würde ich unter falschen vorwand da hinfahren. ich würde dich abtrocknen, wenn du aus dem morgenkalten wasser kommst. weißt du, ich glaube, ich habe schon viel zu lange selbst ein nebeneinander vermisst. vielleicht ist es nur mit wenigen möglich.

verdamme mich nicht. die gefahren meiner offenheit sind mir bewußt. diese unverhohlene ehrlichkeit hat mir schon allzuoft das genick gebrochen. den gips hab ich mir immer selber anlegen müssen und irgendwann ist es wieder verheilt. es wird immer schlechter zusammenwachsen...

nach unserem letzten treffen hatte ich auch ein gutes gefühl. nur jetzt nicht mehr. kann schon sein, jetzt ist alles dahin. so, unter falschem vorwand. ich werde mir nicht weiter überlegen, ob ich dies an dich schicke, sondern tu's einfach. mögest du auf laubbergen weich zu liegen kommen. der kopf in den wolken. und der wind deckt dich zu. und vergiß nicht, den c. zu grüßen. er soll die hülle sein für dich, junge kastanie.

Frieden auf einem Hofe

Schwere Bäume zwischen Gräbern
Steine zwischen schweren Eichen
Trauerblumen Flechten Kränze
Verheulter Wegelosigkeit
Die Ruhe des stillen Flüsterns
Zu Erde Asche Staub
Vogelsang zwischen den Armen
Vergangener Gebeine
Rustikaler kahler Holzbewuchs
Gras auf Monumenten feucht
Mauergrenzen Humus Kirchen
Düfte trauriger Luft
Hoffnung Liebe Einigkeit
Verhaltenes Verhalten
Ewig Am längsten

Krematorium der Eitelkeit

Atlantischer Ozean. Kanarische Inseln. Vulkangestein.
Viertausend Kilometer fort von zu Hause.

ankunft

      in dich tauche ich meine wunden
      hände das meer begunn zu brennen
      noch schreit der see

      steine liegen als katzen
      gerollt auf tuff
      alles rein ich wasche
      alles sein ich spreche gewäsch

      der himmel blutet sich den buckel
      gierig der mund fortgeträumt
      im kopf schäumt gischt blauweiß
      füllt die haut

Ich glaube,
Frieden ist noch ganz anders.

Frieden ist besinnlich sein dürfen,
wenn Du nach Friedlichem bedürftig bist.
Frieden ist, nicht aufzuschrecken, wenn nachts das Fenster schlägt.
Frieden ist, alte Bäume, Eichen, Kastanien, Erlen und alle Menschen wachsen zu lassen. Und nicht abzuhauen. Oder selbst abhauen zu müssen, dort, wo Du aufgewachsen bist.

Die Seele eines Kerzenlichts,
Ein Duft aus Tannen
Und Wärme.

Sich grundlos umarmen; Grund genug, daß es seit Ende
des Zweiten großen Unfriedens
Bis heute keine friedliche Minute gab.
Bücher, die nach Weisheit riechen, die jeder Mensch in sich trägt.
Der Geruch von altem Papier, vielen Sommern und von erhabenem Staub.

Und Liebe in die Seiten geprägt.
Vertieft in Dich selbst horchend.
Und dazu die Ruhe finden.

Dampfenden Tee trinken und Sprachen verstehen.

Foto : Ronny Keydel

Manchmal auch ohne Worte. Und nicht zu schimpfen
Auf den Regen. Und wenn es nur Schnee ist,
Der Dich vom Weg gleiten läßt :   -
Dann lach' doch.

Über die Winterfreuden,
In denen Du Schneebälle aus Phantasie
Formen darfst. Ohne flüchten zu müssen
Vor Dir oder anderem.

Ich glaube,
Oft ist noch kein Frieden.

Auch hier nicht.

> „Der Maler soll nicht bloß malen,
> was er vor sich sieht, sondern auch,
> was er in sich sieht.
> Sieht er also nichts in sich,
> so unterlasse er auch zu malen,
> was vor sich sieht."

Denkmal für Caspar David Friedrich (1774-1840)
auf der Brühlschen Terrasse

Was er in sich sieht

In mir, was er in sich sieht
In sich, was er sieht
Um sich, was er zu sehen glaubt
Un sich tbar, was wirklich um ihn ist

Traumkauder, welch er sieht
Wasser fließt, aber Stille nicht (nicht hier)
Den Himmel umarmen, doch einsam sein
Dahingleiten, lautlos, nach allem bedürftig

Mitten im Wasser auf einer Insel,
Glücklich, frei von Zielen
Ohne neue Sehnsüchte
Rückblickend, auf Schönes
Bis wieder die Flut kommt
(Und die kommt irgendwann wieder)

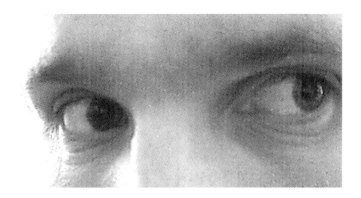

In sich verwandelt, was äußerlich er nur sieht
In sich nur, was ihn berührt :
Was, wenn er, was er vor sich sieht,
Nicht wahrhaben, nicht sehen will,
Weil es nicht wert ist,
Wahrgenommen zu werden.
Weil es nicht wert wäre,
Existent zu sein.

Wenn er nur das, was er in sich sieht,
Für wirklich sieht, also als
Verwurzelter Blick in euphorischer Samtnacht
So hell der Weg beim Gehen auch drückt?

Wenn der blaue Himmel für ihn
Nur ist wahrhaftige Ironie?

o.T. an die Freude

Die Socken in der Tasche
Ein Stöhnen in der Nacht
Das Meer wäscht sich die Füße
Der Mond hat laut gelacht

Das Haar in alle Winde
Der Kopf am Schlafgemach
Im Ohr ein Pfeifenrauchen
Der Bibbus schwingt noch nach

Der Wortschatz wiegt Millionen
Ein Zirpen auf dem Bauch
Der Quatsch tranchiert in Scheiben
Die Zunge schmeckt nach Lauch

Der Kühlschrank frisch geschlachtet
Die Buttermilch singt Bass
Die Sanduhr überlastet
Die Gurke sticht ins Fass

Ein Furz drückt sich ums Kommen
Der Staubwedel schreit auf
Ein Schuh putzt sich den Senkel
Die Quittung nimmt's in Kauf

Letzte Armbewegungen im Salz
das Spiegelbild verloren
für immer hier
ein Mann kämmt seine langen Haare
dieser Plasteeimer am Strand vergessen
verschwiegen wehen die Palmen
die Dämmerung hinauf
drei Rettungsringe haben sich wieder eingekriegt
die Seezunge liegt nun auf der Promenade
mein Hemd hat noch mehr Löcher
die Badehose ist geflutet
ich vielleicht auch & brauner und glücklicher
als zu Beginn des kleinen Anfangs.

Kanarische Zigarren zum Abschied
das wäre was
schließlich hat die Sonne die Nachtlaternen entzündet
leise singt die Temperatur
dem südlichen Himmel
eine immerwährende Melodie.

überschreiben

nicht so gern
schreie ich
auf dunklem papier

da kann ich nur
so leise schreiben
man sieht's so schlecht
im kerzenlicht

hier ist es furchtbar kalt
hier ruhe ich mich aus

hier ist's sehr schön
hier komm' ich niemehr raus

hier fühl' ich mich eckig
hier halt ich's nicht mehr aus

hier ist's so still
hier halle ich mich aus

hier ist mein land
hier bin ich nicht zuhaus

abschied / abreise

ewig steht jetzt die sonne
im zenit des letzten tages,
will das heimweh mir verlängern,
dürsten mich lassen nach daheim.

sie scheint und
die uhr rückwärts
zu gehen.

ich kann nicht,
es wird ja heute
nie morgen.

FLUCHTPUNKT
  dahin, weg davon, wo du sein kannst, aber nicht kannst
  hier stehst du da, dir selbst gegenüber und selbst überlegen
  aber anders durchdacht, als du dachtest zuvor

FLUCHPUNKT
  dort, wo du schimpfst auf das, wovon du abhängig bist
  hier überlistet du dich, bemerkst es aber nicht
             was du ändern mußt, bist du selber

        FLUCHTBUCH
          hierin schreibst du nieder, was du träumst
          die Reisedokumentation deiner Imagination
          zuviele Seiten voll und voller Tränen
          dein durchgeweichtes Ich

FLUCHBUCH
  was du nicht aussprichst, schreibst du wieder
  hältst fest, was dir widerstrebt, damit du beruhigt
  später sagen kannst: du hast richtig und ehrlich gelebt
  schreibst es nieder, weil es dich niedertreibt
  in die Knie mit dir, Hände an den Schwanz
  halt! halt ihn ganz fest und beginne endlich
  DICH ZU SPÜREN

FLUGBUCH
  wenn du, falls du solltest schweben, dann erscheinen
  auf dessen Seiten die Koordinaten, die dir später helfen,
  dich zwischen dem Himmel und der Erde zurechtzufinden,
  die du dir selbst erschaffen hast -
  nur nützlich, wenn dir gleiches nochmals wiederfährt

LOGBUCH DER EINÖDE
  dein Leben, wenn anders du gelebt hast,
  als leben du wolltest, im Rückblick

innen -

                                                                    außen

    schwarzer himmel
    graue tauben
    weißer schnee

                                tauber himmel
                                weise tauben
                                schwarzer schnee
                                schwarz und taub

    verwaister schnee
    mundhimmels schwärze
    graue wolken

                                graue frauen
                                grausiger schnee draußen
                                innen nur das ich

so fährt die welt

so weit fährt die welt. so weit. und so oft kommt man(n) gar nicht an. und steht auf bergen und schaut und sieht, wie klein man(n) doch ist. wie bedeutend. dann findet mensch das meer. und schaut und sieht, wie weit man(n) ist. und so vieles verwischt den blick. und man(n) schaut in sich und sieht, man(n) ist allein. und dann reist man(n) aus. in die welt.

Auf irgendeiner Erde

Wahrlich!
Diese Welt als einzigartig
Bezeichnen.

Ist ein
Besonderes Etwas.

Etwas, das
Immer kälter wird

Und sich doch
Beständig erwärmt.

- Gleichzeitig.

NachAhmen
NachBarn
NachBlick
NachBluten
NachDir
NachDenklich
NachDruck
NachEinander
NachFolgen
NachFragen　　　　　　　　NachNähe
NachFranziska　　　　　　　NachName
NachGeben　　　　　　　　NachNatur
NachGeburt *teil eins*　　　NachRede
NachGeschmack　　　　　　NachRufe
NachHer　　　　　　　　　NachSaison
NachHause　　　　Buch**Nach**Sehnsucht
NachJahren　　　　　　　　NachSicht
NachKommen　　　　　　　NachSinnlich
NachLass　　　　　　　　　NachSpann
NachLesen　　　　　　　　NachSpiel
NachMoral　　　　　　　　NachStellung
NachMund　　　　　　　　NachTeile
NachNacht　　　　　　　　NachTina
　　　　　　　　　　　　　NachTöne
　　　　　　　　　　　　　NachUmsex
　　　　　　　　　　　　　NachVorher
　　　　　　　　　　　　NachWehen
　　　　　　　　　　　　　NachWeise
　　　　　　　　　　　　　NachWinde
　　　　　　　　　　　　　NachWorte

Ich bin meine eigene **Nach**Geburt. Hier geht es um mich. Wie ich mich fühle im Leben vor dem Tod. Und anderes Lustiges. Von mir selber. Kopflastig. Bitte versteh das jemand.

Ein Dichter

Alles muß unerfüllt bleiben. Ein Dichter muß einsam sein. Ein Dichter wird sich eher erhängen, als das Glück anzuerkennen. Ein Dichter stirbt, damit die Menschen in seinen Worten zu leben beginnen können. Ein Dichter muß sterben. Ein Dichter lebt für den Tag, für ein kurzes Jetzt. Ein Dichter muß traurig sein. Ein Dichter ist zerrissen, ist nicht ganz dicht. Ein Dichter zweifelt bis zur Verzweiflung. Ein Dichter geht andere Wege. Ein Dichter hält lieber still. Ein Dichter schreibt lieber Schmerzen. Ein Dichter schaut ernst, wird aber nie ~genommen. Ein Dichter spricht nicht hörbar. Ein Dichter lebt in vielen Personen eines Körpers. Ein Dichter befriedigt sich selbst. In erster Linie. Ein Dichter denkt von sich. Ein Dichter dichtet viel hinzu. Ein Dichter beschrei(b)t die Wahrheit. Ein Dichter muß ein Dichter sein. Ob ein Dichter erselbst (ein Dichter) ist, darf der Dichter nicht selbst entscheiden. Ein Dichter wird nicht gefragt, ob er ein Dichter sein will. Ein Dichter geht nicht andere Wege, er sieht sie nur merk-würdiger. Ein Dichter beginnt irgendwann zu schweigen...

Nicht so kräftig

So kräftig sind sie dies Jahr nicht.
Gedrungen, es ist wohl zu kühl.
Größer andernzeits die Blätter.
Schwierig das Wachstum.
Entfaltung braucht Zeit.
Ruhe dies Jahr, sehr viel Ruhe.
Zu ruhig, um weiterzuwollen.
(Vielleicht gar: um weiter zu wollen?).
Dunkelgelb.
Wir treiben heuer nur kleine Blüten.
Die sammeln sich im Korb.
Zeit, die in Falten liegt.
Man sagt : Blumen der Sonne.
So kräftig bin ich dies Jahr nicht.

ringen, möchte ich gerne einen kultivierten Mann um die 60 (kein Opa-Typ), mind. 180 cm, Charme, Humor und Interesse an Kultur, Musik (Klass./Jazz), Reisen u. Geselligkeit im no deutschen Raum kennenlernen. Zuschriften bitte mit Bild. ZA 7863 DIE ZEIT, 20079 Hamb

45j. attraktive Akademikerin

(mit 9j. Sohn) sucht einen interessierten und weltoffenen Partner. Ich bin kulturell vielfältig interessiert und sportlich aktiv. Und ich sehe gerne etwas von der Welt, am liebsten auf eigene Faust. Schreib' mir nach Nordhessen. Vielleicht kann sich etwas zwischen uns entwickeln.
ZA 7799 DIE ZEIT, 20079 Hamburg

Raum 4 / 5 / 6

etwas verrückt solltest Du schon sein ... ob Künstler oder Akademiker das ist im Rhein nicht so ausschlaggebend. Ein gesundes Selbstbewußtsein, das Herz am rechten Fleck, Spo ität und viel Lebenslust gehören aber dazu. Ich bevorzuge Jugendstil und etwas Machogeha Also trau ... lich. U

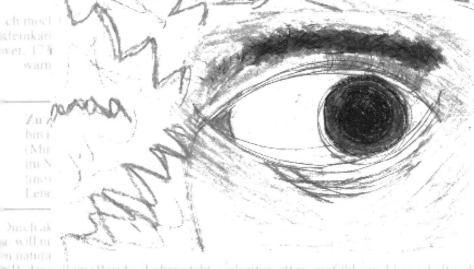

NR, der voll im (Berufs-)Leben steht, vielseitig, offen, einfühlsam, klug u. kulturell interess Gibt's den (mit Foto) in MA/HD/KA? ZA 7820 DIE ZEIT, 20079 Hamburg

ie, 39 J., 1,64 m, schlank, Beamtin, aus PLZ 4..., vielseitig interessiert, gutaussehend, erne, insbesondere in den ostasiatischen Raum, sucht aufgeschlossenen, sensiblen Pa (NR), mit Herz und Verstand, der nicht so förmlich ist, wie diese Annonce klingt.
ZA 7845 DIE ZEIT, 20079 Hamburg

Romantische Geschäftsfrau, Mitte 40/1,73, ansehnlich, schlank mit Vorlieben fürs Landleben, für ausgefallene Gärten, Reiten

Sind Sie ein Mann mit Stil + Humor 45–63 J., weltoffen und nicht gerne si Dann suchen wir Sie! Neugierig? Rufe

Kompaktanzeige

Ich bin ein Eismensch
Ein Schneemann
Mit Tiefkühlherz
Und Frustbeulen

Suche Flockenfrau
Deren Nadeln stechen
Mit Striezelduft
Unter den Zweigen

Wir werden zusammen blättern
Und Fußpilze sammeln
Und Schnecken schnalzen
Auch zusammen Wild sein

Mit Worten geküsst
Ich liebe den Sommer
Kümmer mich um Deine verkümmerten Triebe
Möchte Dich mit Worten küssen

Erfrieren in Dir
Vergehen vor Lust
Zerschmelzen vor Glück dann
Irgendwann mit Dir Wegtrocknen

von blöden tauben & mir

eine blöde taube frißt
meine dreckigen, alten füße
zum genuß ganz auf,
nachdem sie zuerst
meine knoblauchzehen angepickt und
für lecker befunden hat.

eine zweite zieht mir
die sehnen aus den beinen und
blamiert mich so
bis auf die knochen,
deren mark später noch
stinkend an ihrem schnabel klebt.

kopflos renne ich blindlinks
vondannen und betäube
meinen anblick mit hunger,
meinen durst mit taubenfleisch
sowie den appetit
mit gefiederter blutrunst.

(die zecken aus allen aorten
entgehen mir nicht weniger.
ich poche auf mein recht -
es tut weh und krallt sich
fest in meinen schlund.)
das war ich einmal.

[warum auch nicht?]

Man würde mir nicht glauben

Man würde mir nicht glauben, wenn ich sagte, ich sei einer, der sich nach Laubblättern bückt, Blüten riecht und sterben will. Gerüche fahren auf Rädern vorbei. Mitunter Wortfetzen. Fünf Krähen haben sich zum Treff verabredet. Eine andere sitzt nur da, macht den Schnabel auf und denkt sich : 'Guten Appetit!' Ach, die Taubnessel hatte einen langen Tag, noch gut zwei Wochen, dann ist der Zenit erreicht. "Wieder keine Opfer!", beschwert sich die Brennnessel , "wem soll ich nur wehtun?"

Eine Schafgarbe wiegt sich, genießt das Ziehen des Flußes. Wie die Luft. Schön gleichmäßig atmen. Nicht zu oft atmen. Ja, und um keinen Preis anfangen zu seufzen. Nur saufen sei erlaubt. Über mir erhebt sich ein beleuchtetes, erlauchtes Schloß, fordert mich auf, sich an ihm ein Vorbild zu nehmen. Und Stärke zu zeigen. Ich kann's so oft und nun schon wieder nicht.

Bedächtig der Weg am Ufer. Verdächtig zivilisationsstill. Im Dunkeln ist der Hörsinn feiner. Doch man glaubt mir nicht, daß Grillen zirpen.

Wüßte ich, wie spät es ist,
würd' ich mich sicher fragen,
"was machst du hier um diese Zeit
mit hungerleerem Magen?"

Nicht nur alles, was zu sehen ist, passiert. Die Dicke der Beine der Kinder zählt. Leben ist ernst und alles ist Spiel. Zwischenstück im Dazwischen. Und sehen uns selber nie wirklich. Das einfache Dasein ist schwierig.

Ge-Autet

die Gedanken sind autistisch und
benutzen mich, um sich von ihrem
inneren Käfig zu befreien
dann bin ich befangen
über manche Gedichte

neunzig minuten oder so,
je länger desto mehr Niveau
je länger desto mehr Niveau
neunzig minuten oder so,

über manche Gedichte
dann bin ich befangen
inneren Käfig zu befreien
benutzen mich, um sich von ihrem
die Gedanken sind autistisch und

Ge-Autet

Die Besetzung meiner Nächte

Die Besetzung meiner Nächte, des Kopfes, um des Nichtschlafenkönnens reagieren, in lieben Händen sich spiegelnd, schwarzwerdende Unsinnmacher. Autistische Züge fahren ab und lösen mich im Gras auf. Was besprochen werden muss, gibt schweigsamem Willen keine Minuten, denn - das scheint nicht nur so - schon lange gaukelt die Schöne zuviel. Ist zu schön, zu klug zusammen, kann kommen was wolle, die Augen bleiben, wenn sie sich schliessen, die Lider sanft. Sag' mir schon wieder habe ich gefragt. Die Besetzung meiner Nächte des Kopfes um des Nichtschlafenkönnens sehnen Neues. Neugebildete Sehnen. Es scheint, als schriebe ich Briefe. Es scheint die Kerze. Alles scheint nur so, was Licht gibt.

Mein Sohn

Auf meinen Schultern trage ich einen Sohn
Seine Fröhlichkeit, sein Lachen sind die Schultern
Die mich tragen. (Und von meinen Schulden erlösen.)

Ich bin so süchtig danach
Meine Liebe
An ihn zu verschwenden.

Den Sinn den mein Sohn den Dingen gibt
Schenkt er mir ganz und
Behält ihn ebenso für sich.

Das ist glücklich.

Ich möchte noch mehr da sein.
Als bisher.

Über eine wirklich unerfüllbare Sehnsucht, welche ich wohl von meiner Mutter geerbt habe. So widme ich ihr diese Zeilen :

„Zwischen den Zeilen wie mit Fingern zerrieben"

Ach wär ich doch ein Jahrhundert eher geboren
Dies hier ist gewiss nicht meine Zeit
Es quillt das Leid aus allen Poren
Gemeinhin herrscht hier Einsamkeit.

Hätt' ich doch bloß 1900 geliebt
Da war das Leben noch echt
Eine ehrliche Liebe hätt' ich gekriegt
Doch heut' ist alles ungerecht.

Das HEUTE umgesteckt

Oben, da. Da oben sitze ich,
schaue klirrend auf chaotische Verweise in mir.

Schönes überall. Drei Tage später
wird alles zerredet. Von Fehlern erzählen wir gerne.
Alle wollen es hören und ausnahmslos...

Literaturwettbewerb

...keiner hört darauf.
Fotos von Bewegungen. Sichtbar erstmal nicht.
Und? Unsichtbar? Unsicher. Das verstehe ich
nicht. Die Dichter haben das Sagen.
Die sagen Dir, ob Du Dichter bist oder
doch nur innerlich. Das taugt zu nichts.
Schreib', weiter!

Unsicher schaue ich in die Welt oder:
Fest und sicher in die unsichere Welt.
Wirr-duell. Ansicht(ts)sache.
Kontakte, die bestehen, erhalten.
Gut verstehen - sich interessieren.
Mit mir nicht.

Das HEUTE umgelegt

Am Großteichdamm, erbauet 1660/ Einsamer Baum
im Frondienst/ mit Kinderbrettern/ Baumhausschnee
der tags darauf wieder in die Stadt dringt/ auf dem Weiher
Entenschlitten/ im Wasserloch/ Kaltes Gras/ in den
Taschen noch heute/ das und alles vehoren/ nur bin ich/ mir
dessen nicht bewußt/ Man wird beobachtet/ Gehend
auf knackenden Feldspuren/ Schlittenfahren, Kinder/ Kinder!

Die Qualle
(am letzten Morgen des ersten Aufenthalts)

wie eine Qualle hängt der Morgenmond
über dem kargen Felsen,
durch sein Herz schimmert himmelblau

sein endloser Weg setzt sich fort
auf der Nordhalbkugel in meinem Schädel

Eukalyptusbäume drehen ihre Rinde gen Wind
auf der Sonnenseite bauen Mädchen Kleckerburgen

eine Schaluppe wippt in der Ebbe
und wartet auf Aufwind

wie süße Segel blähen die Schlafzimmervorhänge
ihre Bäuche zur Luft,
ich gehe einen Schritt weiter

worte spielen sich aus

verflossene sehnsucht nach vorher
müd' knaupeln der mistel am ohr
in trunksucht der heiterkeit bitter
zweimal im jahr kommt das vor.

am weinfaß genippelter zapfhahn
mit paar kanten brot als gebäck
der standard kommt besser als nicht an
das sommerloch tropft aus seinem versteck.

wir rauchen dem herzen das bein weg
im fenster verdorrt die gedachte axt
buntgummis preisen den doppelten vielzweck
der kurs gestiegen fast eh' gedaxt.

ich spucke dem mond in die augen
am ufer verwöhnt sich ein fitz
der teepfau beginnt auszusaugen
ein edding achthundert erzählt einen witz.

man torkelt urst langsam ins weite
im teppich vermehren sich fransen
die chipsschüssel geht mehlich pleite
bessoffne lichder beginne su tansn.

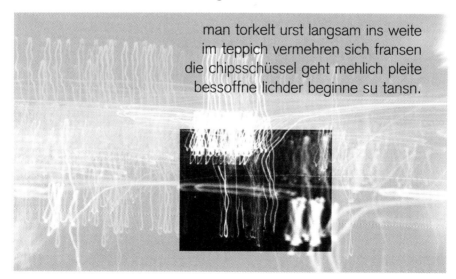

Omelett mit **einem Ei**

Ich w**ei**ß nicht mehr ob m**ei**ne Träume echt sind
Erdäpfel, Salz und Butter
Das schwelgt in ruhiger Koche
Sogar der Topf ist glücklich
Wiegt sich im Wind mit dem **ei**n**en Ei**
Ich bin all**ei**n, ich will das Omelett s**ei**n
Sogar der Kopf ist glücklich
M**ei**n Gelbes, m**ei**n Inneres ist verdottert
Na so **ei**n Pfeffer (rot, w**ei**ß, grün oder schwarz).

Anzeige

Nie mehr alleine aufwachen?

Ein ganz besonderes Buch
mit sechzehn Kohlegraphiken
„Fliehstücke *oder:* wie alles wieder
glücklich wird" von Lyrico,
erscheint im worthandel : verlag

ISBN 3-935259-05-0

weiße hautwand

was machen wir morgen?
wir denken an heute.
und was haben wir gestern gemacht?
an heute gedacht. übermorgen wird schnell von gestern sein
dieser kreislauf macht süchtig.

übermütig will ich schoßhund sein
schoßhund tausender frauen
doch nur du bist tausender
ich verdränge das - wie mich
(im übrigen willst du keinen hund).

von null bis hundert gefüllt mit tee
extrakte anderer lebensgeschichten
zarte teenagerhände pflücken den ersten trieb
im später sammelt zucker sich im schoß.

laut schreit die nase widerlich; laut
a liebt b liebt c liebt d sich selbst
verlagert die unerwiderte liebe von x auf z
beim furzen beginnt der horizont zu stinken.

lebensalter tag für nacht,
nackt für uns
zur befriedigung der evolution
das leben achtet auf den mutterton :

„lehm, lehm, leben" -
woraus wir gemacht sind
und damit war er da
der mensch.

die äste des kirschbaumz geben nach
du nicht,
ich hänge
und nur noch rum
am eigenen ast,
säge daran -
ohne deinen segen.

der brunnen verweigert mir sein kühles
strom liegt an, glücklicherweise klemmt die
sicherung es regnet nicht
jemand ist froh, daß ich der einbrecher bin.
einbrecher in die winterwohnung der fische

weidenkätzchen erfrieren langsamer als ich
am spülkasten träumt sich poesie ins leere
- es schlurft und schlurpt ein letztes mal,
dann bin ich weg.

sommers wie winters öffnen uns tage
neue doors.

wir sprechen stumm
damit das leiden anhält.

Der Himmel ist verhangen

Der Himmel ist verhangen
In meinem schönen Glück
Ich fühle schweres Bangen
Und kann nimmer zurück.

Jeden Winkel abgegangen
Für und wider abgewägt
Sich in Möglichkeit verfangen
Steine einzeln umgedreht.

Münzen hin und her geworfen
Kopf und Kragen abgezählt
Grad'gebogen dreizehn Kurven
Doch den falschen Weg gewählt.

Ergo sum II

    Ich bin wie Du.
    Du bist anders als ich.
    Doch das ist gut so,
    Sonst verstünden wir uns nicht.

Über Leben

Seine Einfachheit läßt mir vieles kompliziert erscheinen.
Seine Leichtigkeit macht es mir wirklich schwer.

Mit dem fehlenden Kampf um's Überleben hab ich zu kämpfen.
Und nur die Dunkelheit erleuchtet mir den Sinn des Tages.

Am liebsten sitze ich, esse den Tag auf, bis -
Ja, bis nur Krümel noch von ihm zeugen.

Kleines erschafft die großen Probleme.
Nur Worte sind verantwortlich für mein lautes Schweigen.

Ich steh auf und trinke flüssige Stunden, bis -
Ja, bis nur eine Neige ihr verflossenes Dasein beweisen kann;
Tropfen manchmal bloß.

Dann schaue ich nieder auf mich, bemerke jetzt erst,
In welcher Höhe ich existiere,
Aber weder weiß ich sie zu schätzen,
Noch kann ich sie abschätzen.

Und dann
Falle ich wieder
Bodenlos
Zu weit hinaus
Weil allein hinaus
Und trotzdem
Aber doch
Sag ich ja.

Krankheiten haben wir alle, Allergien jeder zweite. Mich plagt die...

Cosmische Stauballergie

Durch die cosmische Stauballergie
Weiten sich
Meine Augen so groß wie zwei Erden

In ihren Äderchen,
Blutgefüllten Flüßen,
Baden junge Frauen

Auf dem glatten Weiß
Tanzen Mädchen
Eisträume

Rote Ströme
Die meinen Augen
Blick durchziehen

Die weißen Flächen
Schüttel ich
Am Fenster aus
(Anfang Dezember)

Und lege sie wieder hin
Glatt, sehr glatt
Eben

Eine weitere weiche weiße Fläche
Sanft darüber
Schlägt das rote Herz viel schneller

Dann lege ich mich hinein
Und schwebe durch All dies.

Dichterliebe
nach Schumann

selbst ich weiß nicht
wie es ist
einem dichter zuliebe
einen dichter zu lieben

ich weiß nur
das wäre dann
dichterliebe

oder auch das
was der dichter liebt

auch weiß ich nicht ob
die liebe dichter werden kann

ob frau einen dichter lieben könnt'
ohne es zu tun
dem dichter zuliebe
wer weiß -
ich nicht

(das wäre bei liebe
beileibe nicht leicht)

ich weiß nur daß
es nichts schön'res gäb'

prosarot

in einer ecke des zimmers ein prosarotes bonbon. eingewickelt in prosarotes, durchsichtiges folienpapier. ein wunsch, eine sehnsucht. in einem großen zimmer. mit großen, hellen holzdielen. die wände weiß und rauhe faser. hohe wände und die decke also ganz weit oben. mit luft gefüllt. weite fenster, geschlossen.

ich sitze in der anderen, gegenüberliegenden ecke der sonst völligen leere. die tür mit milchglasscheibe zu. volle sonne durch die drei fenster. mein schatten im schein. niemand sonst außer mir ist hier.

du lächelst verstohlen. wir warten auf den ersten augenblick. bis der erste zuckt. ich beobachte mich heftig. das prosarote bonbon erhaschen, uns draufstürzen. wie es unser aller ahnung, bumsen wir mit den köpfen aneinander und geben auf. selbst uns selbst.

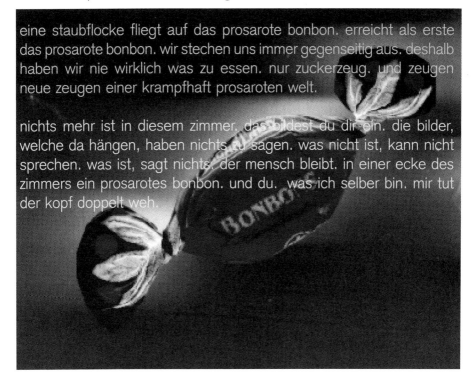

eine staubflocke fliegt auf das prosarote bonbon. erreicht als erste das prosarote bonbon. wir stechen uns immer gegenseitig aus. deshalb haben wir nie wirklich was zu essen. nur zuckerzeug. und zeugen neue zeugen einer krampfhaft prosaroten welt.

nichts mehr ist in diesem zimmer. das bildest du dir ein. die bilder, welche da hängen, haben nichts zu sagen. was nicht ist, kann nicht sprechen. was ist, sagt nichts. der mensch bleibt. in einer ecke des zimmers ein prosarotes bonbon. und du. was ich selber bin. mir tut der kopf doppelt weh.

NachAhmen
NachBarn
NachBlick
NachBluten
NachDir
NachDenklich
NachDruck
NachEinander
NachFolgen
NachFragen
NachFranziska
NachGeben
NachGeburt
NachGeschmack
NachHer
NachHause
NachJahren
NachKommen
NachLass
NachLesen
NachMoral
NachMund
NachNacht

NachNähe
NachName
NachNatur
NachRede
NachRufe
NachSaison
Buch**Nach**Sehnsucht
NachSicht
NachSinnlich
NachSpann
NachSpiel
NachStellung
NachTeile
NachTina
NachTöne
NachUmsex
NachVorher
NachWehen
NachWeise
NachWinde
NachWorte

splitter -, zusammengeklebt, nackt

oben fliegen die raben
unten fliegen die möwen
da seh ich alles ein,
farbig,

schwelge in immerbunten träumen,
mal bin ich da,
mal bin ich weg
und doch immer
in einem meiner mirs.

Glückbringender Trugschluß
für Debora

Weil wir uns nicht verabschiedet haben
Sind wir immer noch zusammen.

Unglückbringender Trugschluß
für Debora

Weil wir uns nicht verabschiedet haben
Wird es nie ein Wiedersehen geben.

Haltet stumm
für Euch

Ich mache ein stummes Buch
Das spricht nicht Das schweigt

Das sagt nichts aus
Das geht nicht Aus sich heraus

Ich hoffe Ich habe
Kein stummes Buch gemacht
Das für sich spricht Das tönt

Ich lese
Schweige Schaue

Schreibe nicht mehr
Jetzt nicht mehr

Ich verschließe die Augen
Vor einem Danach

Übermaß der Dinge

hier das übermaß der dinge
am sättigungspunkt des überflußes
im schwamm zu neuen ufern
erreicht...

das Buch**Nach**Sehnsucht ist hier noch nicht vollständig. das Buch**Nach**Sehnsucht besteht aus zwei bänden. warum dies? das steht nicht in diesem. es ist nur die fülle von gedanken.

und was steht dann im band zwei noch drin? reicht das nicht? ist das nicht genug?

150 neue gedichte von lyrico
mit fünfundvierzig abbildungen

nein, die sehnsucht endet nicht. entspringt vom ersten band zum nächsten. es kommt noch besser, weil noch mehr kommt. die kapitel des zweiten buches seien im folgenden genannt :

probelesen im internet : www.buchnachsehnsucht.de

NachAhmen
NachBarn
NachBlick
NachBluten
NachDir
NachDenklich
NachDruck
NachEinander
NachFolgen
NachFragen
NachFranziska
NachGeben
NachGeburt *teil zwei*
NachGeschmack
NachHer
NachHause
NachJahren
NachKommen
NachLass
NachLesen
NachMoral
NachMund
NachNacht

NachNähe
NachName
NachNatur
NachRede
NachRufe
NachSaison
Buch**Nach**Sehnsucht
NachSicht
NachSinnlich
NachSpann
NachSpiel
NachStellung
NachTeile
NachTina
NachTöne
NachUmsex
NachVorher
NachWehen
NachWeise
NachWinde
NachWorte

NachWorte 213

Konzept :	Lyrico
Fotos :	Lyrico (wenn nicht anders angegeben)
Graphiken :	Lyrico (wenn nicht anders angegeben)
Seite eins :	aus "DUDEN - Das Herkunftswörterbuch", 2. Aufl. 1997, S. 664, Dudenverlag, ISBN 3-411-20907-0
Musik :	Du selbst & die Welt
Realisation :	Enrico Keydel
Technik :	Enrico Keydel, Thomas Kohl
Beleuchtung :	Luna y Sol, Torsten Kohl, Uljana R., Mr. Bulb
Korrekturleser :	Enrico Keydel
Probebebindungen :	IBIS-Papierwerkstatt Uwe Dressler, Dresden Buchbinderei Herold, Dresden
Druck :	my Brother (Korrekturausdrucke), DRUCKHAUS DRESDEN
Produktion :	Enrico Keydel
Layout :	Lyrico und Enrico Keydel
Gestalterische Beratung :	Torsten & Thomas Kohl, Uljana R., Frank
Buchbinderische Beratung :	Astrid, Eberhard Martin
Satz :	Enrico Keydel
Catering :	Torsten, Enrico, Sebastian, American Pizza, Uljana, Call a Pizza, Bottoms Up, Scheune Café, LadenCafé aha, Caffee Blumenau u.a.

Danke für Alles mit aufrichtiger Verbeugung an :
(in zufälliger Reihenfolge)

de Muddi, den Ronny, Stefan L., Torsten K., Thomas Kohl, Uwe Dressler, Monika & Karl-Heinz St., Nora H., Dirk F., Dirk von Lowtzow, Franziska R., die Nacht, Franziska D., Änne, Katrin A. Knief, O+O, Astrid Sch., Katharina H., Katharina M. F., Sebastian R., Christiane J., Christina Sch., Beate Sch., Anne J., Tina W., Daniela K., Daniele L., Justus V., Uljana R., Eberhard N., Susi R., Yvonne K., Sandra Sch., Sabine R. und ihre Eltern, Stephan P., Markus K., Hermann H., Benno Blech, Max F., Rose A., Erich K., Tobias N., Steffen B., M.A.D., Reinhard Sch., Iris & Jana E., Nici B., Grit, Neil & Chris, Anne-K. I., Moby, Franz K., Hanif, Nuria & Itris L., Elijah Ben Chaim J., ASB, I., Uta H., Uta, Hannes H., Bottoms Up, Sven Regener & Freunde, Mike D., Manja S., alle Leser, Herbert G., Sonne & Mond, Arne Zank, Silke, Fam. Schöppe, Frau Daschke, THC, Rainer Ehrt, meine Deutschlehrerinnen, Dresden, meine Fans, Frank aus F.a.M., Erich F., Judith H., Brigitte R., H.R.K., Sarah K., Ernst J., Lila, Sybille B., Nadja & Chris, Juliane R. und Enrico Keydel vom worthandel : verlag sowie hier nicht im speziellen genannten anderen Menschen

und...

was sie noch vom
worthandel : verlag
erwarten können -

(denn wir halten,
was wir nicht versprechen) ?

Lyrico (Buch mit Graphiken und CD)
„Fliehstücke oder: wie alles wieder glücklich wird",
erscheint 2001, ISBN 3-935259-05-0

Lyrico (Lesungs-CD)
„und wem mein schatten größer ist?"
ISBN 3-935259-03-4

Lyrico (das erste Buch)
„Ich wollte nur...",
Zweite Auflage 2001 erhältlich,
ISBN 3-935259-00-X

Lyrico
„Buch**Nach**Sehnsucht *band zwei*"
ISBN 3-935259-02-6

Lyrico (CD zum „BuchNachSehnsucht")
„CD**Nach**Sehnsucht"
ISBN 3-935259-04-2

Weitere worthandel : produkte - nicht nur von Lyrico - sind in Planung. Aktuelle Informationen und Beschreibungen finden Sie im Internet unter www.worthandel.de

liebe leute vom worthandel : verlag,

eigentlich reiße ich aus büchern keine seiten heraus, schon gar nicht aus dem "BuchNachSehnsucht". das finde ich nämlich richtig gut. und deshalb mache ich heute mal eine ausnahme und bestelle auch noch (zum verschenken) :

und   ___ exemplar(e) vom "Buch**Nach**Sehnsucht *band eins*" für 27,- DM je buch
sowie   ___ exemplar(e) vom "Buch**Nach**Sehnsucht *band zwei*" für 27,- DM je buch
außerdem ___ lesungs-cd(s) "und wem mein schatten größer ist?" für 19,- DM je cd
     will ich noch mehr von euch wissen. bitte informiert mich,

☐ wenn das erste buch von lyrico "ich wollte nur..." wieder erhältlich ist
☐ wenn das buch "fliehstücke..." von lyrico erhältlich ist
☐ wenn die "**CDNach**Sehnsucht" von lyrico zu haben ist
☐ was es sonst noch so neues von euch gibt.

hinweis : die versandkosten zahlt der worthandel : verlag (gilt nur für privatpersonen)

☐ ich habe den betrag von ____ DM schon auf das konto der worthandel **:** konto der stadtsparkasse dresden, blz 850 551 42, konto 349 501 029 überwiesen.
☐ ihr dürft den betrag von ____ DM von meinem konto bei der _____ bank
mit der ___blz___ und der ___kontonummer___ abbuchen. der name des
kontoinhabers lautet ___vorname. name___ .

                    > unterschrift umseitig! <

absender / lieferadresse:

name _____

straße _____

plz/ort _____

e-mail _____ @ _____

hiermit bestätige ich die bestellung mit meiner unterschrift (sonst keine bearbeitung):

_____
datum & signum

und das muß ich unbedingt noch loswerden :

worthandel : verlag - bestellkarte - www.worthandel.de - bestellung@worthandel.de

worthandel : verlag
z.h. enrico keydel
sickingenstraße 7
01309 dresden

entrüsten
Sie sich
ruhig

danke!

Inhaltsverzeichnis

Die Einschränkung* 006
vor worten 008

NachEinander   011

dieser gedanke läßt mich nicht schlafen 014
wieviel 016
Quelle mein 017
Ebbe und Flut 018
Frisch begegneter Fortgang 019
BOING 020
Süßschnee 021
Wo ich versunken liege 022
bittersüß salzig 023
aufgrund 023
Daß Du mich sein läßt 024
auf den lippen 025
Recht-Schreibung 026
nur lieben 027
Ergo sum extended 029
Bekenntnis 030
Schwindelfreies Honignest 031
Fast habe ich 032
Aufrechte Hoffnung 033
inwendig in venedig 034
Wie weit Poesie geht 035
Liebe, homogen. 036
vom Wimpernschlag 037
Liebeslogik 038
Auf Lunge 039

NachBarn   041

etwas später 042
Warum sie gucken 043
neue entwachsene 044
Elfenlied 046
Ernst in Haft 047
Die Späterzeit 048
Es, oh Es! 049
Feinrippphantasien 050
wachsende ansicht 051
innehalten 052
der Regen hängt voll Hampelmännern 053
wörter zum wort zum 054
Genussvoll Verglommen 054
einfach anders 056
Davonrennen 057
den buhlen 058
Belauschen 059

lasssiewassiedenken 060
was besseres 061
menschen 062
wunder punkt 063

NachTina 065

falls du nicht 067
mangel-an-gelegenheit 068
Pustekuchen 069
weil es so ist 070
Haltaustag 071
Übermut oder: Wünschlos unglücklich 072
Spröde (Tina) 073
Hände 073
Tanzen 073
abendrote ! einsamkeit 074
Weiß ich nicht 075
über (/für tina) 076
Erinnerung ist Wasser 077
Zuwidersehn 078
ausatmend. 079
nicht sensibel 080
unzweifel 081
Wiederhaben 082
Schonwiederhaben 083

NachJahren 085

sorgenfalten mit den jahren 087
Ehe : es zu spät ist 088
Der Erinnerung gewidmet 089
Epilog afterwards 090
Das Om und die Vögel 093
altehrwürdig 094
Lebenslove 095
Zu lang bald her, doch nie vergessen 096
"Lange" heißt vergangen? 097
Für die es wissen müsste 098
Früher 099
Alte Bibliothek 100
Zur Unterhaltung 102
ein haufen nußschalen 105

NachSaison 107

vergangenen herbst II 110
vergangenen winter 111
dieses frühjahr 112
One more reason 113
Du (II) 114

des herbstes 117
Tag im Kochbeutel 118
Ein liebes Gedicht 120
sechste jahreszeit 121
Aus dem letzten Jahrtausend 122
Du (III) 124
für Christiane 124
Loskommwahn 125
(F)rohe Weihnacht 128

NachNatur   131
Spätabendspätsommerlicht 134
blätter treiben 135
tulpenkavalier ohne erwartungen 136
Morgenstimmen 137
Auf Wegen 138
pfefferkäse, alles 139
geil es donnert 140
Lauf der Dinge 141
elbhänge - klänge 142
Elbabwärts 144
wasser lebenselexier 145
Romantischer Realismus 146
Verpilzt 147
Austreibung 148
Was kann und was kann 149

NachHause   151
Heimkehr 154
Blödes Wort „Heimat" 156
immer was machen 157
meine familie beim essen 158
Verrat wäre 159
Wie das einem Kind erklären 160
Heute dort. 161
Taschentuch 162
Schneetaufe 163
unter falschem vorwand 164
Frieden auf einem Hofe 166
ankunft 167
Ich glaube, ... 168
Was er in sich sieht 170
o.T. an die Freude 172
Letzte Kanarische 173
überschreiben 174
abschied / abreise 175
FLUCHTPUNKT 176
innen - 177

so fährt die welt 178
Auf irgendeiner Erde 179

NachGeburt teil eins   181
Ein Dichter 182
Nicht so kräftig 183
Kompaktanzeige 185
von blöden tauben & mir 186
Man würde mir nicht glauben 187
Ge-Autet 188
Die Besetzung meiner Nächte 189
Mein Sohn 190
Zwischen den Zeilen wie mit Fingern zerrieben 191
Das HEUTE umgesteckt 192
Das HEUTE umgelegt 193
Die Qualle 194
worte spielen sich aus 195
Omelett mit einem Ei 196
weiße hautwand 197
die äste des kirschbaumz geben nach 198
Der Himmel ist verhangen 200
Ergo sum II 201
Über Leben 202
Cosmische Stauballergie 203
Dichterliebe 204
prosarot 205

NachWorte   207
splitter -, zusammengeklebt, nackt 208
Glückbringender Trugschluß 209
Unglückbringender Trugschluß 209
Haltet stumm 210
Übermaß der Dinge 211

* Abdruck mit freundlicher Genehmigung des Wagenbach Verlages, entnommen aus Erich Fried „Es ist was es ist", Verlag Klaus Wagenbach, Berlin 1983

Hinweis : Im Zweifelsfall richtet sich die Rechtschreibung nach dem DUDEN des Volk und Wissen Verlages Berlin/Lepzig von 1947, 13. Auflage. Es gibt keine Schreibfehler. Alle als solche entdeckten sind entweder Druckfehler oder gewollt und der dichterischen Freiheit zuzuschreiben.

worthandel : bücher für menschen